B

LA FORTALEZA DEL AMOR
Melanie Milburne

HARLEQUIN™

Editado por Harlequin Ibérica.
Una división de HarperCollins Ibérica, S.A.
Núñez de Balboa, 56
28001 Madrid

© 2018 Melanie Milburne
© 2019 Harlequin Ibérica, una división de HarperCollins Ibérica, S.A.
La fortaleza del amor, n.º 2707 - 12.6.19
Título original: Tycoon's Forbidden Cinderella
Publicada originalmente por Harlequin Enterprises, Ltd.

I.S.B.N.: 978-84-1307-741-3
Depósito legal: M-13469-2019
Impresión en CPI (Barcelona)
Fecha impresión para Argentina: 9.12.19
Distribuidor exclusivo para España: LOGISTA
Distribuidor para México: Distibuidora Intermex, S.A. de C.V.
Distribuidores para Argentina: Interior, DGP, S.A. Alvarado 2118.
Cap. Fed./Buenos Aires y Gran Buenos Aires, VACCARO HNOS.

Capítulo 1

AUDREY miró la invitación de boda de su madre como si fuera una cucaracha pegada a su taza de desayuno.

–Haría lo que fuera para no asistir a esa celebración, te lo juro.

Su compañera de piso, Rosie, se sentó frente a ella y le robó un trozo de tostada.

–Ser tres veces dama de honor da mala suerte.

Audrey suspiró.

–Lo peor no es eso, sino que se trate de la tercera boda de mi madre con Harlan Fox. No sé cómo no ha aprendido la lección a estas alturas.

–Sí, eso complica las cosas –dijo Rosie, torciendo el gesto.

–Mi madre parece incapaz de aprender de sus errores –Audrey removió el té hasta crear un remolino similar al que sentía en el estómago–. ¿Quién se casa con el mismo hombre tres veces? No puedo soportar la idea de una boda y de un divorcio más. Encima, todos han sido desagradables y escandalosos –dejó la cucharilla bruscamente en el plato–. Es lo malo de tener como madre a una actriz de televisión famosa. Nada escapa de la atención del público. Haga lo que haga, lo publican en las revistas de cotilleos y en las redes sociales.

–Como cuando tuvo un *affaire* con un joven cámara del estudio –apuntó Rosie–. Es increíble que tenga una hija de veinticinco años y siga ligándose a hombres como quien toma cervezas.

–Y por si eso fuera poco, Harlan Fox es todavía más famoso que ella –Audrey frunció el ceño y apartó de sí la taza como si la hubiera ofendido–. ¿Qué ve en una vieja estrella del heavy metal?

–¿Influirá que Harlan esté intentando reunir de nuevo a la banda?

Audrey puso los ojos en blanco.

–Un plan que está en peligro porque dos de los miembros están en clínicas de desintoxicación.

Rosie se chupó un poco de mermelada del dedo y preguntó:

–¿Hará de padrino el guapísimo hijo de Harlan, Lucien?

Audrey se puso en pie como si la silla le hubiera dado corriente. La mera mención de Lucien Fox le hacía rechinar los dientes. Llevó la taza al fregadero y la vació tal y como le habría gustado hacer sobre el hermoso rostro de Lucien.

–Sí –soltó como si escupiera una pepita de limón.

–Es curioso que nunca os hayáis llevado bien –dijo Rosie–. Lo lógico es que tuvierais muchas cosas en común. Los dos habéis vivido a la sombra de un progenitor famoso, y habéis sido hermanastros intermitentemente durante… ¿cuánto tiempo?

Audrey se giró y asió el respaldo de la silla con fuerza.

–Seis años. Pero eso no va a volver a pasar. Esta boda no puede celebrarse.

Rosie enarcó las cejas.

–¿Crees que puedes conseguir que la cancelen?

Audrey soltó la silla y miró su teléfono. Su madre seguía sin contestar sus mensajes.

–Voy a localizarlos y a hablar con ellos. Tengo que parar esta boda.

Rosie frunció el ceño.

–¿No está localizable? ¿Han desaparecido?

–Tienen el teléfono apagado y ni siquiera sus asistentes saben dónde están.

–¿Pero tú sí?

Audrey tamborileó con los dedos en el teléfono.

–No, pero tengo una intuición y voy a seguirla.

–¿Le has preguntado a Lucien si sabe dónde están o seguís sin hablaros desde el último divorcio? ¿Cuándo fue?

–Hace tres años. En los últimos seis años la relación y las peleas de Harlan y mi madre han llenado los titulares de la prensa de todo el mundo. Me niego a que vuelva a pasar. Si quieren estar juntos, me parece bien. Pero me niego a que vuelvan a casarse.

Rosie la observó como si fuera un animal raro.

–¡Qué manía les tienes a las bodas! ¿No quieres casarte algún día?

–No –Audrey sabía que sonaba como una solterona de una novela decimonónica, pero le daba lo mismo. Odiaba las bodas. Cuando veía un vestido blanco le daban ganas de vomitar. Tal vez no las habría odiado tanto si su madre no la hubiera arrastrado a todas las suyas. Antes de Harlan Fox, Sibella Merrington había tenido tres maridos, y ninguno de ellos era el padre de Audrey. De hecho, ni siquiera Sibella sabía quién era, aunque hubiera reducido las posibilidades a tres hombres.

¿Qué le pasaba a su madre con el número tres?

–No me has contestado –dijo Rosie–. ¿Te hablas con Lucien o no?

–No.

–Deberías replanteártelo –opinó Rosie–. Podría convertirse en un aliado.

Audrey resopló con desdén.

–No pienso hablar con ese engreído hasta que se congele el infierno.

–¿Qué te ha hecho para que le odies tanto?

Audrey descolgó el abrigo de la percha de detrás de la puerta y se lo puso. Luego miró a su compañera de piso.

–No quiero hablar de ello. Simplemente, lo odio.

Rosie la miró con ojos chispeantes.

–¿Intentó ligar contigo?

A Audrey le ardían las mejillas. No estaba dispuesta a confesar que había sido ella quien intentó ligar con él, y que había sido rechazada y humillada.

Y no una vez, sino dos. La primera, cuando tenía dieciocho años; y la segunda, a los veintiuno, ambas en la boda de su madre con el padre de Lucien. Lo que era otra buena razón para impedir una tercera.

No quería ni más bodas, ni más champán, ni más coqueteos con Lucien Fox.

¿Por qué habría intentado besarlo? Su idea había sido darle un beso amistoso en la mejilla, pero sus labios se habían movido por voluntad propia. ¿O habían sido los de él? Lo cierto era que habían estado a punto de rozarse. Y eso era lo más cerca que los labios de Audrey habían estado de los de un hombre.

Solo que Lucien había echado la cabeza hacia atrás como si los de ella fueran venenosos.

Había sucedido lo mismo en la siguiente boda de sus padres. Ella había estado decidida a actuar como si no hubiera pasado nada y demostrarle que le resultaba indiferente. Pero después de unas copas de champán no había podido contenerse y, de camino a la pista de baile, había pasado al lado de él y le había lanzado un beso en el aire. Desafortunadamente, alguien la había empujado por detrás y se había caído sobre él. Lucien la había sujetado por las caderas para estabilizarla y por una fracción de segundo durante la que creyó que la habitación enmudecía y que se habían quedado ellos dos solos, Audrey había creído que iba a besarla. Así que… solo recordarlo le hacía estremecerse… se había inclinado hacia él con los ojos cerrados y había esperado. Y esperado.

Pero Lucien no había tenido la menor intención de besarla.

A pesar de que había estado un poco ebria en ambas ocasiones y aunque sabía que Lucien se había comportado como un caballero al rechazar sus torpes insinuaciones, otra parte de ella, la más insegura, se preguntaba si algún hombre la encontraría atractiva alguna vez en su vida ¿Querría algún hombre, si no hacerle el amor, al menos besarla? Tenía veinticinco años y todavía era virgen. No había salido con nadie desde la adolescencia. Un par de chicos le habían pedido una cita, pero ella los había rechazado porque nunca estaba segura de si les interesaba ella o su famosa madre.

Todo en su vida giraba en torno a su famosa madre.

Audrey tomó las llaves y la bolsa de viaje que había preparado con anterioridad.

—Me voy a pasar el fin de semana fuera de la ciudad.

–¿Vas a decirme dónde o es un secreto de estado? –preguntó Rosie con ojos chispeantes.

Audrey confiaba en su amiga, pero incluso alguien tan sensato como ella a veces perdía la cabeza por una celebridad.

–Lo siento, Rosie. Tengo que evitar que la prensa se entere. Ahora que mi madre y Harlan están desaparecidos, la primera persona a la que los periodistas querrán localizar es a mí.

La idea la aterraba. La prensa la había acosado después de que su madre intentara suicidarse en su piso. Había pasado con ella tres semanas y había tomado tres sobredosis de pastillas, no tan graves como para tener que hospitalizarla, pero sí lo bastante como para que Audrey estuviera decidida a impedir que se casara con el golfo de Harlan Fox.

–¿Y Lucien?

–¿Qué pasa con Lucien? –bastaba con pronunciar su nombre para que Audrey se tensara.

–¿Y si él intenta localizarte?

–Dudo que quiera hacerlo. De todas formas, tiene mi teléfono.

Aunque no lo hubiera usado nunca. ¿Por qué habría de haberlo hecho? Ella no era su tipo ni de lejos. A Lucien le iban las altas, rubias y sofisticadas; mujeres que no bebían en exceso cuando estaban nerviosas o se sentían inseguras.

–¡Qué suerte tienes de estar entre sus contactos! –dijo Rosie con gesto soñador–. Ojalá yo tuviera su número. ¿No me lo…?

Audrey negó con la cabeza.

–Sería una pérdida de tiempo. Él no sale con chicas normales como nosotras. Solo con supermodelos.

Rosie suspiró.

–Ya. Como esa con la que lleva saliendo varias semanas, Viviana Prestonward.

Audrey sintió un nudo en el estómago.

–¿Ah, sí? –dijo con voz aguda. Carraspeó–: Ah, ya. Sí, como esa.

–Viviana es guapísima –comentó Rosie entre admirada y celosa–. He visto una fotografía de los dos en una fiesta de beneficencia del mes pasado. Parece que están a punto de comprometerse. Las hay con suerte…

–No estoy segura de que Lucien Fox sea un premio –dijo Audrey sin poder evitar el tono de amargura–. Puede que sea guapo y rico, pero es arrogante y rígido.

Rosie ladeó la cabeza y volvió a mirarla como si fuera un animal exótico.

–Ahora que vais a volver a ser hermanastros, puede que te pida que seas dama de honor en su boda.

Audrey apretó los dientes.

–Si puedo evitarlo, no vamos a volver a ser nada.

Audrey dejó Londres atrás y en un par de horas tomaba la carretera comarcal que conducía a la casa de campo de Cotswolds. Era la casa que su madre había comprado con su primer papel en televisión. A Audrey le extrañaba que no la hubiera vendido y que hubiera sobrevivido a varios maridos y a otras tantas casas.

Era demasiado pequeña como para que la prensa confiara en encontrar allí a Sibella y a Harlan, y por eso era el primer sitio en la lista de Audrey. Su madre le había dejado una nota junto con la invitación de

boda, insinuándolo: *Me voy a oler los narcisos con Harlan*.

Solo podía referirse a Bramble Cottage, cuyo jardín en aquella época del año estaba plagado de narcisos: junto al sendero, en la pradera, bajo los árboles, en la orilla del arroyo… A Audrey siempre le habían entusiasmado las masas amarillas que formaban.

Bramble Cottage era el escondite perfecto, y estaba al final de un camino de acceso flanqueado por árboles de ramas arqueadas que formaban un túnel de hojas. El camino cruzaba un puente desvencijado sobre un arroyo que en ocasiones se llenaba parcialmente de agua de lluvia hasta poder ser considerado un río.

Cuando acudía allí con su madre, de niña, los árboles le daban miedo porque creía que sus ramas descendían para intentar atraparla. Cruzar aquel túnel era para ella como entrar en un mundo mágico donde solo existían ella y su madre. Un mundo seguro, donde no habían hombres desconocidos entrando y saliendo del dormitorio de su madre. Ni fotógrafos intentando conseguir una fotografía de la tímida hija de Sibella.

Audrey no percibió ninguna señal de vida en la casa cuando bajó del coche, pero sabía que su madre y Harlan habrían ocultado bien sus huellas. Al acercarse, notó que parecía un tanto abandonada. Había pensado que un guardés cuidaba de ella. A veces pasaban meses o incluso un par de años entre las visitas de su madre. El jardín estaba descuidado, pero ello solo añadía encanto al lugar. A Audrey le encantaba cómo las plantas se desbordaban de los parterres y las flores impregnaban el aire con su fresca fragancia a primavera.

Dejó el coche bajo la sombra de un gran roble, a suficiente distancia como para que quedara oculto de

la carretera por la que podían pasar los periodistas. Cuando vio unas marcas frescas de neumáticos delante de la casa se felicitó mentalmente por haber acertado. Se agachó para inspeccionarlas. Un coche había pasado por allí, lo que significaba que Harlan y su madre debían de estar relativamente cerca. Tal vez habían ido a comprar provisiones. «O algo». Lo más probable, grandes cantidades de alcohol.

Irguiéndose, miró al cielo, que súbitamente se había oscurecido. Esa era otra de las cosas que a Audrey le encantaban: ver una tormenta primaveral desde el acogedor interior de la casa. Aunque encontró la llave bajo la maceta de la izquierda de la puerta, prefirió llamar, por si su madre o Harlan estaban dentro. Al no recibir respuesta, usó la llave para entrar, justo cuando empezaban a caer las primeras gotas de lluvia.

Miró a su alrededor, pero no daba la sensación de que nadie hubiera pasado por allí en mucho tiempo y a Audrey le sorprendió haber interpretado mal el mensaje de su madre.

Miró las telarañas que colgaban de la pantalla de una lámpara y se estremeció. Había una fina capa de polvo sobre el mobiliario y olía a cerrado. Ni siquiera el guardés debía de haber pasado por allí desde hacía una eternidad. Audrey decidió poner a prueba la cara terapia a la que se había sometido para curarse de la fobia a las arañas. Descorrió las cortinas para dejar entrar la luz; las nubes que se habían ido acumulando y algún ocasional rayo, teñían el exterior de un tono amarillo verdoso. Encendió la lámpara del salón, que proyectó una luz hogareña sobre los mullidos sofás y el sillón de orejas que había delante de la chimenea.

Audrey se debatió entre la desilusión de no haber localizado a su madre y a Harlan y el placer de tener la casa para ella sola. Decidió quedarse un par de horas y ordenar un poco, o incluso pasar allí la noche mientras se le ocurría un plan alternativo.

Al mismo tiempo, y puesto que había huellas recientes de un coche, intentó animarse diciéndose que tal vez su madre y Harlan volverían en cualquier momento, y podría convencerlos de que no celebraran una ridícula tercera boda.

Miró la chimenea y al ver madera pequeña y leña en la cesta que había al lado, se dispuso a encender un fuego. Dado que a menudo la luz se cortaba durante las tormentas le pareció mejor estar preparada para un eventual apagón.

Como si bastara con pensarlo para que sucediera, la lámpara parpadeó, un rayo iluminó el cielo y, tras un ensordecedor trueno que sobresaltó a Audrey, la bombilla volvió a parpadear antes de apagarse.

«Solo es una tormenta», se dijo. «A ti te encantan las tormentas».

Y era verdad, solo que aquella era más fuerte de lo habitual.

En medio del ruido de la lluvia golpeando los cristales y del rumor de los truenos, oyó otro sonido: neumáticos sobre la gravilla del camino de acceso.

¡Su intuición no le había fallado! Audrey corrió a la ventana y le dio un vuelco el corazón.

«No, no, no».

¿Qué hacía allí Lucien Fox?

Se escondió tras la cortina mientras le veía acercarse, preguntándose si habría visto su coche oculto tras el roble.

Oyó que llamaba con decisión a la puerta. ¿Cómo podía haber cometido el error de no cerrarla con llave? La puerta se abrió y luego se cerró.

Audrey no supo si salir de su escondite o confiar en que se fuera sin encontrarla. Oyó sus pisadas sobre la madera del salón y contuvo el aliento. Luego, más pasos y puertas abriéndose y cerrándose.

–¿Harlan? ¿Sibella?

Audrey se dijo que era demasiado tarde para salir de su escondite. Tenía que confiar en que Lucien viera que la casa llevaba tiempo abandonada… ¡Excepto por la leña que ella había empezado a colocar en la chimenea! Se le aceleró el pulso. Había estado a punto de prender la cerilla cuando se había ido la luz y la había dejado junto a la caja, delante de la chimenea.

¿La vería Lucien?

Oyó crujir el suelo de madera de nuevo y se quedó paralizada. Pero entonces, el polvo de la cortina le produjo un hormigueo en la nariz. Si había algo que la caracterizaba eran sus estruendosos estornudos, y podía notar dentro de ella un estornudo adquiriendo la fuerza de un viento huracanado. Se puso un dedo bajo la nariz y apretó; todo el cuerpo le tembló por el esfuerzo de contener la explosión.

Un enorme rayo rasgó en ese momento el cielo, seguido de un atronador trueno que por un instante hizo a Audrey olvidarse del estornudo. Se asió a la cortina preguntándose si habría sido alcanzada por el rayo. Pero al sujetar la cortina, acercó la polvorienta tela a su nariz y el impulso de estornudar se hizo incontrolable.

–¡Aa…aa… chíís!

Fue como una bomba que la propulsara hacia de-

lante sin darle tiempo a soltar la cortina. Arrastrando consigo el raíl, cayó al suelo ruidosamente.

Incluso desde debajo de la densa cortina, Audrey oyó mascullar a Lucien. Luego, sus manos retiraron la cortina hasta destapar el bulto que cubría.

–¿Qué demonios…?

–Hola… –le saludó ella, sentándose,

Lucien frunció el ceño.

–¿Tú?

–Sí, yo –Audrey se puso en pie torpemente, arrepintiéndose de haberse puesto un vestido en lugar de pantalones, pero los vaqueros hacían que sus muslos parecieran más gordos de lo que ya eran, así que los evitaba.

Se estiró el vestido. ¿Estaría Lucien comparándola con su elegante novia? Seguro que si ella salía de debajo de una cortina polvorienta seguiría estando perfecta. Hasta sus estornudos serían delicados. Y estaría espectacular en vaqueros.

–¿Qué haces aquí?

–Buscar a mi madre y a tu padre.

Lucien enarcó las cejas con sarcasmo.

–¿Detrás de la cortina?

–Muy gracioso. ¿Y qué haces tú aquí?

–Lo mismo que tú.

–¿Por qué has pensado que los encontrarías aquí?

Lucien dejó la cortina sobre el respaldo de una silla y el raíl contra la pared.

–Mi padre me mandó un mensaje diciendo que iban a pasar un fin de semana tranquilo en el campo.

–¿Mencionaba los narcisos?

Lucien la miró como si hubiera hablado de hadas.

–¿Narcisos? –preguntó con incredulidad.

–¿No los has visto? El jardín está lleno de ellos.

Lucien esbozó una sonrisa que rectificó al instante con uno de sus severos rictus.

–Sospecho que nos han engañado.

–Deduzco que has recibido la invitación de boda.

Lucien hizo una mueca como si hubiera mordido un limón.

–¿Tú también?

–Sí –Audrey suspiró–. No puedo soportar la idea de volver a hacer de dama de honor de mi madre. Tiene tan mal gusto con los vestidos de dama de honor como con los hombres.

Lucien no se inmutó por el insulto implícito a su padre.

–Tenemos que detenerlos antes de que cometan el mismo error.

–¿Nosotros?

Lucien clavó sus ojos azules en Audrey. ¿Cómo era posible tener los ojos del color del zafiro? ¿Y por qué él tenía unas pestañas tan largas y pobladas mientras que ella tenía que usar rímel?

–Será más fácil que los localicemos entre los dos. ¿Dónde va tu madre cuando quiere escapar de los paparazzi?

Audrey puso los ojos en blanco.

–Últimamente nunca quiere evitarlos. En el pasado solía venir aquí, pero da la sensación de que no ha venido desde hace meses.

Lucien pasó un dedo por un polvoriento estante.

–¿Se te ocurre algún otro sitio donde haya podido ir?

–¿Las Vegas?

–No creo. Acuérdate de lo que pasó la última vez.

Audrey habría preferido olvidarlo. Después del

vergonzoso episodio del beso a Lucien, su madre y el padre de él se habían emborrachado y habían iniciado una pelea durante la recepción tirándose comida a la que se habían unido algunos de los invitados hasta que habían destrozado la sala, tres de los invitados habían sido hospitalizados y otros cuatro detenidos por una pelea que había incluido el lanzamiento de un cuenco con ponche y de una cubitera.

Las revistas del corazón le habían dedicado numerosas páginas y el hotel de la celebración había prohibido la entrada a Sibella y a Harlan. El hecho de que Sibella hubiera sido la primera en lanzar un profiterol había hecho que Lucien la culpara a ella y no a su padre.

–Tienes razón. Además, quieren que estemos presentes en la boda, aunque en la invitación mencionaban solo la fecha y que el lugar sería notificado en el futuro.

Lucien recorrió el salón de un extremo a otro como un tigre enjaulado a la vez que decía:

–Piensa, piensa, piensa.

Audrey no estaba segura de si hablaba consigo mismo o con ella porque siempre que estaba con él le costaba pensar. Su presencia la turbaba. Solo era capaz de observarlo. Era el hombre más atractivo que había visto en su vida.

Alto y de anchos hombros, con un mentón pronunciado, sus labios siempre le hacían pensar en besos prolongados y sensuales. Llevaba el cabello, negro y ondulado, lo bastante largo como para que le rozara el cuello de la camisa. Aunque estaba afeitado, la barba que se percibía bajo su piel hacía que Audrey siempre se preguntara qué se sentiría al tocarla.

Lucien se detuvo y la miró con el ceño fruncido.

−¿Qué?

Audrey parpadeó.

−¿Qué?

−Yo te lo he preguntado primero.

Audrey se humedeció los labios.

−Solo estaba pensando.

−¿El qué?

«Lo guapo que estás en vaqueros y ese jersey ajustado de cachemira»

Audrey era consciente de haberse ruborizado porque le ardían las mejillas.

−Creo que la tormenta arrecia.

Era verdad. Los relámpagos y los truenos se habían multiplicado y la lluvia se había transformado en granizo.

Lucien miró por la ventana y maldijo.

−Tendremos que esperar a que escampe. Con este tiempo la carretera es demasiado peligrosa.

Audrey se cruzó de brazos y alzó la barbilla.

−No pienso irme contigo.

Lucien la miró como si fuera una niña testaruda.

−Quiero que estés conmigo cuando los encontremos. Tenemos que demostrarles que los dos nos oponemos a la boda.

Audrey no pensaba trabajar en equipo con él.

−¿Me has oído? −dijo, golpeando el suelo con un pie−. No pienso irme. Voy a pasar aquí la noche y a limpiar la casa.

−¿Sin electricidad?

Audrey había olvidado que no había luz, pero hubiera preferido tener que encender el fuego frotando dos piedras que irse con él.

–Da lo mismo. Me basta con la chimenea. Solo me quedaré una noche.

Lucien seguía mirándola como si pensara que necesitaba una camisa de fuerza.

–¿Y qué me dices de tu miedo a las arañas?

Era típico de Lucien que recordara su vergonzosa fobia de infancia. Pero ya no tenía de qué avergonzarse. La había superado, aunque le hubiera costado una fortuna: veintiocho sesiones de hipnosis, más caras que su coche. Habría hecho más, pero su salario en la biblioteca no daba más de sí.

–He seguido una terapia. Ya no tengo problemas con las arañas. Ahora somos uña y carne –dijo, uniendo dos dedos.

Lucien la miró con total escepticismo.

–¿Seguro?

–Seguro. Me son completamente indiferentes.

–¿Así que, si te volvieras y vieras una gigantesca a tu espalda, no gritarías ni te echarías en mis brazos aterrorizada?

Audrey dominó el impulso de darse la vuelta. Usó todas las técnicas que había aprendido. Las telarañas eran preciosas, como encaje… o lo que fuera.

No pensaba humillarse dejándose llevar por el pánico.

Se limitaría a sonreír, tal y como hacía la gente normal con una inofensiva araña.

Se le aceleró el corazón. «Respira, respira». El sudor le corría por la espalda. «Tranquila, tranquila, tranquila». La respiración se le entrecortó como si una mano le apretara el cuello.

¿Y si la araña se movía? ¿Y si estaba a punto de caérsele en la cabeza o por la espalda? Audrey se es-

tremeció y dio un paso hacia Lucien aunque con ello se aproximara a su peor enemigo.

—Estás de broma, ¿no?

—Date la vuelta.

Audrey no quería ver la araña. Prefería mirar a Lucien. A aquella distancia podía oler su loción de afeitado, una mezcla de lima y limón con un toque a madera. Aturdió sus sentidos como si fuera una abeja expuesta a un polen exótico. Podía ver los poros de su barba y sus dedos temblaron con el deseo de acariciar su varonil piel. Respiró profundamente.

«Has pagado una fortuna para conseguirlo».

Se volvió lentamente y vio una araña colgando a unos centímetros de su cara.

Una araña enorme. Gigantesca. Descomunal.

Dio un grito agudo y lanzándose hacia Lucien, se abrazó a su cintura y hundió el rostro en su pecho.

—¡Quítala! ¡Quítala!

Lucien la tomó por los brazos.

—No te va a hacer nada. Seguro que está más asustada que tú.

Audrey se asió a él con más fuerza, estremeciéndose.

—Me da lo mismo. Que vaya a terapia.

Audrey percibió la risa de Lucien contra la mejilla y al levantar la vista le vio sonreír.

—¡Has sonreído! —dijo como si acabara de ver un fenómeno extraño.

Lucien torció los labios y sus ojos brillaron con una expresión que Audrey desconocía. Entonces él le miró la boca como si no pudiera evitarlo. Audrey nunca había estado tan cerca de ningún hombre y su cuerpo reverberó como si se sincronizara a una nueva

señal de radar. Se le contrajeron los músculos y sus sentidos se pusieron alerta. Podía sentir la presión de cada uno de sus dedos en el brazo, cálidos y sensuales.

Lucien apartó la mirada de sus labios y retiró los brazos de Audrey de su cintura como si le quemaran.

–Yo me ocuparé de la araña. Tú espera en la cocina.

Audrey se mordió el labio inferior.

–No irás a matarla, ¿verdad?

–¿Qué quieres que haga, que me la lleve a casa y la alimente con moscas?

Audrey miró hacia la araña y sintió un escalofrío.

–Puede que tenga crías. Sería una crueldad.

Lucien sacudió la cabeza como si intentara sacudirse una pesadilla.

–Está bien. Haré lo posible por quitarla de aquí –tomó una vieja postal de un estante y un vaso del mueble bar–. ¿Estás segura de que quieres verlo?

Audrey se frotó los brazos.

–Será una buena terapia.

–Vale –Lucien se encogió de hombros y fue hacia la araña.

Audrey se tapó la cara, pero miró entre los dedos.

Lucien deslizó la postal por debajo de la araña y le puso el vaso encima.

–Ya está, araña atrapada viva.

Salió al porche y, corriendo bajo la lluvia, liberó a la araña cerca del cobertizo del jardín.

Luego volvió esquivando los charcos y Audrey le dio una toalla del cuarto de baño, que él usó para secarse el pelo.

Ella sintió celos instantáneos de la toalla, aunque nunca se hubiera imaginado que eso fuera posible. Habría querido pasar sus dedos por el cabello denso

y húmedo de Lucien, atraer su cabeza hacia ella para que la besara, comprobar si sus labios se suavizaban contra los de ella o si se endurecían y cobraban vida.

Quería… quería justo lo que no debía querer.

Lucien arrugó la toalla con una mano mientras se pasaba la otra por el cabello.

–No tiene pinta de que la tormenta vaya a amainar.

Exactamente lo que Audrey sentía respecto al deseo que recorría su cuerpo.

¿Qué tenía Lucien para excitarla de aquella manera? Ningún otro hombre despertaba en ella aquella reacción. Ella no fantaseaba con ningún otro hombre. No se quedaba mirándolos y se preguntaba qué se sentiría al besarlos. No anhelaba sentir sus manos recorriéndole el cuerpo. Pero Lucien Fox siempre le había hecho sentirse así. Que fuera el único hombre que le atrajera era su cruz. No podía estar cerca, o lejos, de él y no desearlo.

¿Qué demonios le pasaba?

Ni siquiera le caía bien como persona. Era demasiado formal y severo. Apenas sonreía. Pensaba de ella que era tan tonta e irresponsable como su madre. Y los dos episodios que ella había protagonizado al estar un poco achispada no habían ayudado. Pero no era culpa suya, odiaba acudir a las bodas de su madre desde que, a los cuatro años, había ido a la primera.

Para cuando Sibella se había casado por primera vez con el padre de Lucien, Audrey tenía dieciocho años. Un par de copas de champán la habían ayudado a soportar la idea de que su madre se casara una vez más con el hombre inadecuado, y de que ella sería quien tuviera que consolarla cuando todo aca-

bara desastrosamente y se convirtiera en un escándalo público.

Un trueno resonó tan cerca que sacudió la casa. Audrey se encogió.

—Eso ha sonado muy cerca.

Lucien la miró.

—¿Te dan miedo las tormentas?

—No, me encantan. De hecho, me encanta verlas desde aquí.

Lucien apartó una cortina.

—¿Dónde has dejado el coche? No lo he visto al llegar.

—Detrás del roble más grande —dijo Audrey—. Quería evitar que se viera si es que me seguía algún periodista.

—¿Te ha seguido alguien?

—No, pero había huellas frescas de coche en el camino de acceso. Pensaba que eran de mi madre y de Harlan.

—¿Pueden ser del guardés?

Audrey enarcó las cejas.

—¿Tú crees que ha pasado alguien por aquí recientemente?

—Tienes razón.

Un nuevo rayo fue seguido de cerca por un trueno y a continuación se oyó el inconfundible ruido de un árbol cayendo y de sus ramas chocando contra metal.

—¿Debajo de qué árbol dices que has aparcado? —preguntó Lucien.

Audrey sintió que se le contraía el estómago.

—No. No. *Nooooo*.

Capítulo 2

LUCIEN tuvo que sujetar a Audrey por el brazo para impedir que corriera a ver qué le había pasado a su coche.

—No salgas, es demasiado peligroso. Todavía están cayendo ramas.

—¡Pero tengo que ver cómo está el coche! —exclamó Audrey con los ojos muy abiertos.

—Espera a que pase la tormenta.

Audrey se mordió el labio inferior con una expresión tan angustiada que Lucien sintió una presión en el pecho. De pronto se dio cuenta de que estaba sujetándole el brazo y la soltó, abriendo y cerrando la mano para librarse del hormigueo de los dedos.

Siempre evitaba tocarla.

Siempre la evitaba. Punto.

Desde el momento en el que la había conocido, había preferido mantener las distancias. Audrey solo tenía dieciocho años; unos dieciocho años particularmente inocentes. Saber que le gustaba le había resultado halagador, pero también inapropiado. Se lo había hecho saber con toda claridad y había confiado en que le bastara con esa lección.

Cuando la madre de Audrey y su padre se divorciaron había sentido un inmenso alivio porque pensaba que Sibella ejercía una mala influencia sobre su padre. Pero al cabo de tres años volvieron a casarse

y Audrey se cruzó de nuevo en su camino. Ya con veintiún años, aunque igualmente inocente que tres años antes, Audrey se le había vuelto a insinuar. Él había cortado la situación de cuajo con una sola mirada, confiando en que entendiera el mensaje… y aun a pesar de que en parte había tenido la tentación de flirtear con ella. Había deseado besarla, abrazar su sensual cuerpo y dejar que la naturaleza siguiera su curso. De hecho, había estado muy cerca de hacerlo. Peligrosamente cerca.

Pero había aplastado ese impulso porque lo último que quería era tener algo que ver con Audrey Merrington. No solo por su madre, sino porque Audrey era el tipo de mujer que quería un marido, una casa con una chimenea, un perro y un final feliz.

Él no estaba en contra del matrimonio, pero solo con un cierto tipo de mujer y en un futuro distante. No pensaba casarse por pasión, como su padre. Solo se casaría por conveniencia y por tener a alguien a su lado. Y jamás se dejaría llevar por los sentimientos.

Audrey se frotó el brazo como si también ella quisiera borrar la huella de su mano.

—Supongo que vas a darme una lección sobre la estupidez que he cometido al aparcar bajo un árbol, pero cuando he llegado apenas llovía.

—Es un error habitual… —dijo Lucien.

—Que alguien tan perfecto como tú no cometería —concluyó Audrey, frunciendo el ceño.

Lucien no se creía en absoluto perfecto. De serlo, no estaría mirando los labios de Audrey todo el tiempo. Pero había algo en ellos que imantaba su mirada. Eran voluptuosos y suaves y de una forma perfecta.

Lucien se preguntó cuántos hombres habrían disfrutado de ellos, cuántos amantes habrían compartido aquel cuerpo, y si la actitud de cervatillo no era más que una pose. Aunque no era espectacular, como su madre, tenía una belleza natural, refrescante, un cuerpo más sensual que delgado y un aire anticuado que contrastaba radicalmente con la irreflexiva e irresponsable personalidad de su madre.

–Iré a ver cómo está tu coche cuando escampe –dijo Lucien–. Por ahora, será mejor que pensemos un plan. ¿Cuándo has hablado con tu madre por última vez?

–Hace más de una semana –contestó Audrey en un tono de desilusión que indicaba que la relación con su madre no era la ideal–. Me dejó la invitación y una nota en el piso. Pensé que vendrían aquí porque mencionaba los narcisos. No entiendo por qué no me mandó un mensaje de texto. Le he mandado varios desde entonces, pero ni los ha leído.

Lucien se tensó. ¿Y si Sibella y su padre ya se habían casado? ¿Y si volvían a protagonizar un escandaloso divorcio que, como los dos anteriores, se publicaba a fascículos en la prensa? Tenía que impedirlo.

–Para ahora pueden estar en cualquier parte.

–¿Cuándo has hablado con tu padre por última vez?

–Hace unos dos meses.

–¿No estáis en contacto?

Lucien no pudo contener una mueca.

–No ha llegado a hacerse a la idea de que tiene un hijo.

Audrey lo miró comprensiva.

–Te tuvo muy joven, ¿no?

–A los dieciocho años –dijo Lucien–. No lo conocí hasta que cumplí diez años. Dado su salvaje estilo de vida, mi madre pensó que era mejor mantenerme alejado de él.

Y eso no había cambiado demasiado con los años. De hecho, era otra de las razones por las que debía evitar que se volviera a casar con la madre de Audrey. Eran una mala influencia el uno para el otro. Su padre jamás conseguiría dejar de beber con Sibella a su lado. Ninguno de los dos entendía el concepto de beber con moderación. Sibella Merrington no hacía nada con moderación.

–Al menos tú has conocido al tuyo –dijo Audrey, desviando la mirada hacia un lado.

–¿Y tú al tuyo?

–No. Ni siquiera mi madre sabe quién es.

A Lucien no le sorprendió.

–¿Te importa?

Audrey se encogió de hombros, pero siguió evitando mirarlo.

–No especialmente.

Lucien se dio cuenta de que le importaba mucho más de lo que hacía creer. Súbitamente fue consciente de lo difícil que debía de haber sido crecer sola con una madre inepta. Al menos él había contado con su madre hasta que, cuando él tenía diecisiete años, había muerto de un aneurisma. ¿Cómo habría Audrey sorteado los problemas de la infancia y la adolescencia con una madre tan irresponsable a su lado? Sibella seguía siendo relativamente joven, lo que significaba que debía de haber tenido a Audrey casi a la misma edad que su padre a él.

¿Cómo era posible que nunca le hubiera preguntado nada de eso?

–¿Cuántos años tenía tu madre cuando te tuvo?

–Quince –los labios de Audrey describieron una curva descendente–. No soporta que lo diga. Yo creo que preferiría que dijera que soy su hermana pequeña. No me deja que la llame «mamá» cuando estamos en público. Supongo que lo has observado.

–Sí, yo tampoco llamo a mi padre «papá».

–¿Porque él prefiere que no lo hagas?

–No. Soy yo quien prefiere evitarlo.

Audrey lo observó largamente con una expresión de desconcierto en sus ojos marrones.

–Si no te sientes unido a él, ¿qué más te da que se case con mi madre?

Era una buena pregunta.

–Aunque no sea un buen padre, es el único que tengo –dijo Lucien–. Y no puedo consentir que vuelva a pasar por un divorcio que lo asfixie económicamente.

Audrey lo miró con resentimiento.

–¿Insinúas que mi madre le pidió más de lo que le correspondía?

–Soy su contable además de su hijo –dijo Lucien–. Un nuevo divorcio lo arruinaría. Llevo años ayudándolo económicamente. En la próxima ocasión no perderá solo su dinero, sino también el mío.

Audrey enarcó las cejas como si le sorprendiera aquel gesto de generosidad hacia su padre.

–No lo sabía –se mordió el labio inferior–. A pesar de su éxito como actriz de telenovelas, mi madre nunca tiene suficiente dinero para pagar las facturas.

–¿La ayudas?

–No... demasiado a menudo.

–¿Con qué frecuencia?

Un nervio palpitó en el ojo de Audrey y ella ladeó la cabeza como un pajarito.

–Escucha. Parece que la tormenta ha pasado.

Lucien retiró la cortina. La tormenta se había movido hacia el valle y apenas llovía.

–Voy a ver qué ha pasado. Espera aquí.

–Deja de darme órdenes –dijo Audrey en un tono severo que hizo pensar a Lucien en una directora de colegio–. Voy contigo. Después de todo, es mi coche.

–Vale, espero que siga siendo un coche y no un amasijo de metal.

Audrey contempló el amasijo de metal en el que se había convertido su coche. No iba a poder conducir a ninguna parte en un futuro inmediato. La mitad del árbol había caído sobre él, aplastándolo como si fuera de papel. Al menos tenía el seguro actualizado. ¿O no? Se le encogió el corazón. ¿Había pagado la factura o había decidido esperar a pagar las facturas más apremiantes de su madre?

Lucien dejó escapar un silbido al verlo.

–Menos mal que no estabas dentro –miró a Audrey–. ¿Tienes el seguro al día?

Audrey tragó saliva.

–Sí...

Lucien entornó los ojos.

–Tu ojo izquierdo ha vuelto a contraerse.

Audrey parpadeó.

–No es verdad.

Lucien se acercó y le pasó el dedo por debajo del ojo.

–¿Ves? Te ha vuelto a pasar.

–Porque me estás tocando.

Lucien deslizó el dedo por su mejilla hasta debajo de la barbilla. Le hizo alzar el rostro para que lo mirara.

–Hubo un tiempo, de hecho dos ocasiones, en las que me suplicaste que te tocara.

Audrey sintió que le ardían las mejillas.

–Ahora no te lo estoy suplicando.

Lucien le miró un ojo y luego el otro y Audrey sintió que se le aceleraba el corazón.

–¿Estás segura? –preguntó él con una voz ronca que hizo que la recorriera un estremecimiento.

Los ojos de Lucien eran de un azul tan oscuro que apenas podía distinguir sus pupilas. En cambio, notaba el calor que emanaba del dedo que tenía bajo su barbilla y que la recorría como si la energía sexual de su cuerpo se transfiriera al de ella. Pulsantes contracciones de deseo latieron en su carne más íntima, haciéndola consciente de su cuerpo de una manera que no lo había sido nunca. Audrey se humedeció los labios, no tanto porque estuvieran secos como porque le hormigueaban como si ya pudieran sentir la presión de los de Lucien.

El anhelo de sentir sus labios en los de ella era tan intenso que un dolor se extendió por cada célula de su cuerpo. Podía sentir una palpitación entre las piernas, como si esa parte de su cuerpo despertara de un largo letargo.

Lucien siguió el recorrido de su lengua con sus ojos color medianoche y, a pesar de que había dejado

caer la mano de su rostro, Audrey percibió que luchaba consigo mismo por cómo se tensó su mandíbula, por el movimiento de su nuez, por la forma en que abrió y cerró las manos como si temiera volver a tocarla.

¿Estaba pensando en besarla? ¿Era posible que ella no se hubiera equivocado en la última boda de sus padres y que sí hubiera tenido la tentación de besarla aunque se hubiera refrenado? Saber que podía desearla fue deliciosamente desconcertante. Seis años atrás no había sido así. Tres años después, sí, aunque hubiera intentado ocultarlo.

¿Pasaría a la acción en aquella nueva oportunidad?

–¿Estabas pensando en besarme? –las palabras escaparon de su boca antes de que pudiera contenerlas.

La mirada de Lucien se ensombreció, su cuerpo se quedó paralizado, como si cualquier movimiento pudiera quebrar su autocontrol.

–Te equivocas.

«Y tú estás mintiendo». Audrey se regodeó en el poder femenino que sintió. Era un poder que no había experimentado en toda su vida. No recordaba que nadie hubiera deseado besarla hasta entonces.

«Pero Lucien, sí».

Lucien mantuvo los ojos fijos en los de ella como si les ordenara no desviarse hacia su boca.

–Me apuesto a que si pusiera mis labios en los tuyos no podrías contenerte –declaró ella.

«¿Por qué has dicho eso?».

Una parte de Audrey se reprendió, pero otra se alegró de ser capaz de plantarle cara y retarlo. De flirtear con él.

La mirada de Lucien se endureció.

–Atrévete.

Audrey sintió un líquido caliente extenderse por su vientre. El reto lanzado en tono grave por Lucien le aceleró la sangre y el corazón como si hubiera subido corriendo unas escaleras. Antes de que pudiera reprimirse, alzó la mano y recorrió los labios de Lucien con el índice; el roce de su barba incipiente contra su piel fue como el de pequeños pinchos raspando seda. Lucien permaneció inmóvil, pero Audrey pudo percibir la batalla que libraba contra su cuerpo. Las aletas de la nariz se le dilataron como las de un semental ante el aroma de una hembra, sus ojos seguían brillando con resolución, pero algo más se agazapaba en el intenso azul de su mirada.

Y ese «algo más» era el que ella también sentía en sus entrañas: deseo.

Pero Audrey no pensaba traicionarse. Lucien la había rechazado en dos ocasiones; no iba a concederle una tercera. Además, si los rumores respecto a Lucien y Viviana era ciertos, ella no era el tipo de mujer que besaba a un hombre comprometido. No quería que Lucien la creyera tan desesperada como para no poder controlarse, con o sin champán. Bajó la mano y sonrió con desdén.

–Tienes suerte, no acepto retos.

Lucien no manifestó ni alivio ni desilusión.

–Estamos perdiendo un tiempo muy valioso –volvió hacia la casa sacando el teléfono–. Llama a tu madre. Yo llamaré a mi padre. Puede que hayan encendido los teléfonos.

Audrey lo siguió dando un suspiro. Había llamado a su madre cincuenta veces. Aun si le contestaba, solo

querría hablar de sí misma, nunca tenían una conversación que pudiera considerarse como tal. Su madre no escuchaba, estaba acostumbrada a que la gente esperara con expectación a que les hablara de su carrera como actriz y de su apasionante vida amorosa.

Lucien dejó un breve mensaje en el contestador de su padre, uno de los tantos que había dejado en las últimas veinticuatro horas, y guardó el teléfono. Tenía que ponerse en marcha y alejarse de la tentación que representaba Audrey Merrington. Tenerla cerca era como encontrarse con un festín después de un ayuno prolongado. Había estado a punto de besarla, de tomarla en sus brazos y devorar su boca. Habría sido tan sencillo… Tan aterradoramente sencillo…

Pero no podía tener ese tipo de pensamientos respecto a Audrey. No debía fijarse en sus labios, ni en sus curvas, ni en cada una de las preciosas partes de su cuerpo. No debería pensar en hacerle el amor y aprovecharse de que se hubiera echado en sus brazos por culpa de una insignificante araña, por mucho que al instante hubiera sentido una sacudida eléctrica cargada de deseo. Lo mismo que le había sucedido en la última boda de sus padres, cuando aquel cuerpo de perfectas curvas había alterado sus sentidos como si fuera un adolescente con las hormonas revolucionadas. Todavía podía oler su perfume a lilas en su camisa, donde ella se había apretado contra él. Aún seguía sintiendo sus senos y la tentadora cuna de su pelvis.

Como podía sentir un voraz deseo recorriéndole el cuerpo.

Tenía que dejar de desearla. Sometería su fuerza de voluntad a un entrenamiento militar para mantenerse firme ante las preguntas provocativas de Audrey como la de si estaba pensando en besarla. Porque no solo pensaba, sino que soñaba y fantaseaba con ello. Porque sospechaba que un solo beso de aquella deliciosa boca sería como intentar tomar una sola patata frita. Imposible.

Pero tampoco podía dejarla en la casa sin coche. Tendría que llevársela consigo. Cuando la había encontrado allí, había decidido que el mejor plan era ir juntos, cada uno en su vehículo, en busca de sus respectivos padres. No se había planteado un íntimo viaje con ella en su coche. Eso solo podía acarrear el tipo de problema que estaba decidido a evitar.

Audrey entró en el salón y dejó el teléfono sobre la mesa con un suspiro.

—Nada. Puede que estén volando a alguna parte.

Lucien se pasó la mano por el rostro.

—Este era el sitio más obvio al que podrían ir. Solían venir a menudo durante su primer matrimonio. Mi padre siempre decía cuánto le gustaba.

Audrey se sentó en el brazo del sofá pensativa.

—Lo sé, por eso he venido. Pero quizá eso era lo que querían que pensáramos.

—¿Te refieres a que nos han dado una pista falsa?

Audrey miró a Lucien.

—O algo así.

—¿A qué «algo así» te refieres? —Lucien tuvo una intuición—. ¿Quieres decir que querían que nos encontráramos aquí? ¿Por qué?

Audrey frunció los labios.

—A mi madre le hace gracia que nos odiemos.

Lucien frunció el ceño.

–Yo no te odio.

Audrey enarcó las cejas.

–¿No?

–No.

Lucien odiaba lo que le hacía sentir, que su cuerpo adquiriera voluntad propia cuando la tenía cerca, no poder dejar de pensar en besarla y acariciarla para comprobar si su cuerpo era tan maravilloso como podía intuirse bajo la ropa conservadora tras la que lo ocultaba.

Pero al contrario que su padre, él no se dejaba llevar por sus hormonas. Él tenía fuerza de voluntad y disciplina y estaba decidido a ponerlas en práctica. No pensaba dejarse arrastrar por deseos primarios solo porque lo atrajera una mujer bonita y sensual.

Y Audrey Merrington lo atraía de tal manera que sentía sus órganos removerse en su interior.

–Está bien saberlo ahora que vamos a volver a ser una familia –dijo ella impertérrita,

–Espero poder impedirlo.

Lucien no pensaba descansar hasta impedir aquel tercer y desastroso matrimonio.

Su padre había estado a punto de matarse bebiendo tras el último divorcio. No estaba dispuesto a dejar que eso sucediera de nuevo. Estaba harto de tener que recoger los añicos, de tener que ayudar a su padre a recuperarse como si fuera un puzle al que cada vez le faltaran más piezas.

Tomó sus llaves.

–Vamos, será mejor que nos pongamos en marcha antes de que anochezca. Cuando volvamos a Londres me ocuparé de que alguien venga a recoger tu coche.

Audrey se puso en pie apresuradamente.

—No quiero ir con…

—¿Quieres obedecer de una maldita vez? —Lucien empezaba a angustiarse por el tiempo que estaban perdiendo. Si se descuidaba, su padre estaría ya en medio de su luna de miel, y el saldo de su cuenta bancaria también se habría reducido a la mitad—. No tienes coche, así que te vienes conmigo, ¿entendido?

Audrey apretó los labios como si se debatiera entre desafiarlo o no. Finalmente, tomó su bolsa de viaje y, lanzando a Lucien una mirada furibunda, dijo:

—Puedes llevarme a mi piso de Londres. No pienso ir a ningún sitio contigo.

—Muy bien —Lucien abrió la puerta para que Audrey saliera—. Ve a mi coche mientras yo cierro aquí.

Audrey se metió en su coche y se puso el cinturón de seguridad con rabia. ¿Por qué tenía Lucien que portarse como un troglodita? Ella habría preferido que la recogiera algún amigo, o incluso pagar un taxi con tal de no tener que viajar en la perturbadora y atractiva compañía de Lucien. Lo último que quería era volver a ponerse en ridículo. Ya no tenía ni dieciocho ni veintiún años, sino veinticinco, y confiaba en ser lo bastante madura como para enterrar aquella estúpida atracción y olvidarla para siempre.

Lo conseguiría. Después de todo era algo solo físico; nada mental o sentimental. Era pura libido, que acabaría por extinguirse siempre que no la alimentara. Así que no fantasearía con su boca; ni siquiera se la miraría. Ni soñaría con que se acercara a la de

ella y que la lengua de Lucien le recorriera la unión entre sus labios y…

Audrey se pellizcó el brazo con fuerza. Tenía que pensar en aquello como en cualquier otra adicción. Sería fuerte y la superaría.

Además, según lo que Rosie le había dicho, Lucien estaba comprometido. Era absurdo que le irritara imaginárselo manteniendo una relación estable. ¿Qué más le daba? ¿Amaría a Viviana Prestonward? Audrey no conseguía imaginarse a Lucien enamorado. No se comportaba como su padre, que entre matrimonios actuaba como un playboy; pero tampoco era un santo. Salía con una mujer un par de meses y cambiaba de compañía.

Vio a Lucien salir y dejar la llave bajo la maceta, y le resultó extraño que estuviera tan familiarizado con las rutinas de la casa. Ella siempre había adorado aquel sitio porque era lo único que su madre y ella habían compartido antes de que la vorágine de convertirse en una celebridad transformara sus vidas. Pero estaba claro que Sibella la había compartido no solo con Harlan, sino también con Lucien.

Esperó a que Lucien se sentara tras el volante para preguntar:

–¿Cuántas veces has venido?

–¿A esta casa?

–Sabes dónde esconder la llave, así que supongo que has venido en alguna otra ocasión o que alguien te ha explicado que eso es lo que hacemos.

Lucien dio media vuelta al coche, apoyando el codo en el respaldo del copiloto, tan cerca de Audrey que ella sintió un leve estremecimiento.

–Vine a pasar un fin de semana –dijo él.

–¿Cuándo?

–Un mes antes de su segundo divorcio –explicó Lucien, aparentemente relajado pero apretando el volante en tensión–. Me pidieron que viniera. También a ti, pero tú estabas ocupada. Según tu madre, tenías una cita.

Audrey recordaba aquella invitación, pero no que hubieran mencionado a Lucien. Ella había rechazado ir porque no quería que su madre y Harlan pensaran que lo único que hacía los fines de semana era quedarse en casa leyendo o viendo películas románticas, que era lo que solía hacer.

¿Por qué habrían invitado también a Lucien cuando sabían lo mal que se llevaban?

–¿Por qué accediste a venir? Dudo que pasar un fin de semana con ellos estuviera entre tus prioridades.

Lucien condujo por la carretera local sobre la que habían caído numerosas ramas durante la tormenta.

–No tenía nada mejor que hacer y tenía ganas de ver la casa en persona porque mi padre me había hablado de ella.

–¿Así que no tenías una cita con una supermodelo? –dijo Audrey–. ¡Cuánto lo siento!

Lucien la miró de soslayo.

–¿Qué tal te fue a ti con tu cita? ¿Valió la pena?

–Fenomenal. La mejor cita de mi vida.

–¿Sigues saliendo con el mismo tipo?

Audrey se rio. ¿Quién decía que no fuera una buena actriz?

–¡Qué va! He salido con muchos más desde entonces.

–¿Así que no hay alguien permanente en tu vida?

Audrey miró a Lucien brevemente.

–¿A qué viene tanta pregunta sobre mi vida amorosa?

Él se encogió de hombros.

–Me preguntaba si tienes planes de sentar la cabeza.

–¿Yo? No –Audrey volvió la mirada al frente y cruzó las piernas–. He ido a suficientes bodas de mi madre como para haber escarmentado –hizo una pausa y, confiando en sonar solo levemente interesada, preguntó–: ¿Y tú?

–¿Qué quieres saber?

–¿Piensas casarte algún día?

Lucien mantuvo la vista en la carretera, sorteando ramas y charcos.

–Algún día.

–¿Más pronto que tarde?

«¿Por qué preguntas eso?».

–¿A qué se debe este súbito interés en mi vida privada?

Audrey no podía explicarse por qué sentía una presión tan intensa en el pecho ante la idea de que Lucien se casara.

–Podría enterarme por la prensa del corazón, pero prefiero preguntártelo directamente. Por si lo que cuentan no es verdad.

–¿Qué has leído?

–No lo he leído directamente, pero alguien me ha dicho que te has prometido con Viviana Prestonward.

Lucien emitió un gruñido.

–No es verdad.

Audrey se volvió a mirarlo, pero en ese momento Lucien frenó bruscamente a la vez que juraba.

–¡Maldita sea!

Audrey volvió la vista hacia donde él miraba. Un gran árbol se había caído sobre el puente de madera, impidiendo el paso.

–¡Oh, no! –exclamó Audrey.

Lucien golpeó el volante con la mano y miró a Audrey con gesto contrariado.

–¿Hay alguna otra manera de vadear el río? ¿Otro puente?

Audrey negó con la cabeza.

–No, esta es la única carretera.

–¡No me lo puedo creer! –dijo Lucien, dejando escapar un exabrupto.

–Bienvenido a la vida en el campo.

Lucien bajó del coche y observó el puente con los brazos en jarras. Audrey se acercó a él. La tensión que irradiaba de su cuerpo era palpable.

–¿No podríamos llamar al ayuntamiento para que lo reparen? –preguntó ella.

Lucien dio media vuelta con otro juramento.

–Tendrán muchas más emergencias antes que reparar un puente en una carretera que apenas usa nadie –caminó hacia el coche, dando una patada a una de las ramas caídas–. Tendremos que quedarnos en la casa hasta que consiga que un helicóptero venga a por nosotros.

Audrey se paró en seco como si hubiera chocado contra una pared invisible: la de su miedo a volar, y más concretamente, en helicóptero. Se negaba a subir en uno. Antes prefería que la encerraran en una habitación llena de arañas.

Lucien la miró de reojo cuando finalmente llegó al coche.

–¿Qué te pasa?

Audrey tragó saliva.

–No voy a subirme en un helicóptero.

–No te preocupes, antes lo limpiaré de arañas.

–Muy gracioso.

Lucien abrió la puerta del copiloto.

–¿Vienes conmigo a prefieres volver andando?

Audrey subió al coche evitando mirar a Lucien. Él tomó asiento tras el volante y, arrancando, dio media vuelta. Audrey miró el cielo encapotado y se estremeció. Tenía que encontrar una forma de volver a Londres que no fuera volar en helicóptero.

–Supongo que podré conseguir un helicóptero para mañana por la mañana –dijo Lucien–. Ahora no vale la pena que lo intente porque las condiciones meteorológicas no son favorables.

«¡No hace falta que me recuerdes lo peligroso que es volar en una de esas máquinas!».

–Me cuesta creer que uno de los auditores forenses más afamados de Inglaterra no tenga un helicóptero permanentemente a su disposición.

–Ya ves, soy demasiado austero como para malgastar mi dinero en ese tipo de lujos. Eso es más propio de mi padre.

Capítulo 3

VOLVIERON hasta la casa en silencio, sobre todo porque Audrey intentaba controlar el miedo que le producía la idea de tener que volar en helicóptero al día siguiente. Quizá debía haberle pedido al terapeuta que se concentrara en ese miedo en lugar de en su aracnofobia. Pero no había pensado que se le fuera a plantear esa situación. En cualquier caso, la carretera estaría transitable en un día o dos; no tenían por qué recurrir a otra forma de transporte.

Pero aún más le inquietaba tener que compartir la casa con Lucien aquella noche. No iba a resultarle de ayuda en su esfuerzo por librarse de sus fantasías. Sería como intentar dejar de comer bombones estando encerrada en una fábrica de chocolate.

Cuando Lucien la ayudó a bajar del coche, el olor de la tierra mojada le resultó tan dulce como el del perfume de las flores del jardín. Audrey no necesitaba su ayuda, pero le gustaba que él se tomara esa molestia. Era la primera vez que un hombre le abría la puerta. Normalmente la gente se apresuraba a hacerlo para su madre, pero siempre la dejaban a ella desatendida.

Siguió a Lucien hasta la puerta y esperó a que él

tomara la llave, esforzándose por no devorar su trasero con la mirada mientras estaba inclinado. Luego Lucien abrió y, alargando el brazo, dijo:

–Adelante.

Audrey se mordió el labio inferior e intentó ignorar el hormigueo que le recorría la piel. Estaba segura de que donde había una araña había cientos. ¿No se decía que la lluvia las atraía al interior? ¿Y si estaban por todas las superficies, dentro de los armarios, en los cajones? ¿Y si acechaban en las sombras, esperando a que pasara? ¿Y si…?

–Mejor entra tú primero por si la araña ha encontrado el camino de vuelta.

Si Lucien pensó que el comentario era infantil o absurdo, no dio muestras de ello.

–Espera aquí.

Audrey esperó hasta que Lucien le dijera que pasara. Aunque faltaban varias horas para el ocaso, la luz mortecina del cielo dotaba el interior de una atmósfera lúgubre, como si fuera una casa abandonada.

–¡Qué oscuridad! ¿Seguimos sin luz?

Lucien dio al interruptor, pero no se encendió.

–Puede que tarde horas en volver. Un árbol ha debido de caer sobre el tendido eléctrico –Lucien fue hacia la chimenea, donde seguía el fuego preparado por Audrey–. Voy a encender el fuego. ¿Hay velas en algún sitio?

Audrey fue a la cocina y encontró las velas perfumadas que había regalado a su madre hacía tiempo. Las llevó al salón y colocó una en la mesa situada entre los dos sofás y otra en un estante.

–Creo que bastarán –comentó.

–Perfecto –Lucien las encendió con una cerilla y pronto el aire se impregnó del aroma a pachuli y madreselva.

Audrey no pudo evitar observar las facciones de Lucien a la tenue luz de las velas. Su piel estaba tostada, como si acabara de estar de vacaciones en la playa. La titilante luz intensificaba los planos y el perfil de su rostro: el mentón firme, el marcado puente de la nariz, la prominentes cejas oscuras y aquellos espectaculares ojos azul medianoche.

Pero eran sus labios lo que siempre atraía su mirada como un imán. Eran a un tiempo firmes y sensuales, con un perfil bien definido. Audrey siempre se preguntaba cómo serían al besar, si se suavizarían o se endurecerían, si serían delicados o voraces, si despertarían en ella el deseo con el que tanto había soñado, pero que jamás había experimentado.

–¿Pasa algo? –preguntó Lucien.

Audrey parpadeó y se balanceó sobre los talones de sus bailarinas, diciéndose que, de haber sabido que iba a estar junto a alguien tan alto como Lucien, se habría puesto tacones. O zancos.

–¿Has ido de vacaciones hace poco?

–Pasé la Semana Santa en Barbados.

Audrey dejó escapar una risita no exenta de envidia.

–Claro.

–Claro, ¿qué?

Audrey se encogió de hombros y se inclinó para alinear las viejas revistas que había sobre la mesa.

–¿Fuiste con Viviana Prestonward?

–Si tanta curiosidad tienes por saberlo, fui a ver a un cliente.

Audrey se irguió bruscamente.

–Solo era una pregunta. No hace falta que te pongas a la defensiva.

Lucien se volvió hacia el fuego y lo removió con el atizador.

–Yo no soy una estrella del rock como mi padre. No me gusta que mi vida privada aparezca en las revistas –dejó el atizador y miró a Audrey–. ¿A ti también te sigue la prensa?

Audrey se sentó al borde del sofá.

–Solo un poco; soy demasiado aburrida. ¿Quién quiere saber qué hace una bibliotecaria en su tiempo libre?

–¿Y qué haces? –preguntó él pensativo.

Audrey tomó uno de los cojines y se abrazó a él.

–Leo, veo la tele, voy al cine –hizo una mueca con los labios–. ¿Ves? Muy aburrida.

–¿Y las docenas de novios que has mencionado antes?

Audrey sintió las mejillas arder más que el fuego de la chimenea. Dejó el cojín a un lado y se puso en pie, intentando hacerlo con la gracilidad de una modelo, pero un pie se le enganchó en la alfombra y se golpeó la espinilla contra la mesa.

–¡Ay! –se llevó una mano a la pierna y saltó a la pata coja mientras un dolor agudo se propagaba por su pierna.

Lucien se acercó a ella y la sujetó por los brazos.

–¿Estás bien? ¿Te has hecho una herida?

–No. Solo ha sido el golpe.

Lucien se agachó para inspeccionarle la espinilla; sus manos cálidas y secas la tocaron con tanta deli-

cadeza que Audrey no supo si sentía una caricia o un hormigueo. La sensación de sus dedos sobre su piel desnuda despertó sus sentidos, permitiéndole percibir cada una de las yemas de sus dedos. De pronto fue consciente de la intimidad de la posición en la que se encontraban. La cara de Lucien estaba a la altura de su pelvis, y por la mente de Audrey pasaron aceleradas imágenes eróticas de Lucien besándola y tocándola… ahí.

–Vas a tener un hematoma. Está empezando a aparecer –Lucien le pasó los dedos por la marca enrojecida con tanta delicadeza como una pluma acariciando un objeto precioso.

Audrey contuvo el aliento tanto tiempo que pensó que iba a desmayarse. O tal vez porque era la primera ocasión en que un hombre se arrodillaba delante de ella y la tocaba con tanta delicadeza. O quizá porque nunca había sido tan consciente de su propio cuerpo, nunca lo había sentido tan despierto. Al ser tocado, un enfebrecido deseo había brotado en ella y ya solo quería que continuara. ¿Y si subía las manos por sus muslos hasta la parte más íntima de su feminidad? ¿Y si le bajaba las bragas y…?

«¡Para!».

No pensaba volver a cometer el error de coquetear con Lucien ni de hacer el ridículo. Iba a actuar con madurez.

–Ya puedes levantarte –intentó sonar despectiva–. A no ser que quieras ensayar tu pedida de mano a Viviana.

Lucien se incorporó, apretando los labios con tanta fuerza que parecían dos láminas de acero.

–No voy a comprometerme con nadie. Necesitas ponerte hielo en el golpe. Voy a traértelo de la cocina.

Lucien abrió el congelador y se planteó si no debía intentar meterse en él. Con toda seguridad, era una locura arrodillarse ante Audrey y, aún más, tocarla. Pero se había hecho daño y cualquier hombre decente… solo que su reacción al tocarla no había tenido nada de decente. En cuanto la rozó, había sentido la sacudida eléctrica que solo ella le provocaba.

La solución era sencilla: dejar de tocarla. Guardaría las distancias.

Envolvió unos cubitos de hielo en un trapo de cocina y volvió al salón.

–Aquí tienes.

Se lo dio evitando rozarle los dedos.

Audrey lo presionó contra la espinilla a la vez que se mordía el labio inferior. En cierto momento, miró hacia Lucien, aunque evitando mirarlo a los ojos.

–¿Qué te gusta más de ella?

Lucien la miró desconcertado.

–¿Perdona?

Audrey entonces lo miró directamente.

–Me refiero a Viviana, la mujer con la que has tenido la relación más duradera. ¿Qué te gusta de ella?

Lucien sabía que ninguna contestación sería apropiada, porque en realidad no mantenía una relación con Viviana. La había conocido mientras trabajaban juntos en la contabilidad del padre de ella y se habían hecho amigos. Él solo la estaba ayudando a mantener una ficción después de que su novio la

engañara y la abandonara; una pequeña venganza de Viviana hacia su ex. Lucien había sido testigo de demasiadas relaciones, casi todas protagonizadas por su padre, que comenzaban en amor y acababan en odio. Por eso, si le llegaba el momento, él pensaba quedarse en un término medio: respeto mutuo, intereses comunes, compatibilidad.

—No tengo ese tipo de relación con ella.

Audrey abrió los ojos desorbitadamente.

—¡Pero si lleváis saliendo varias semanas! Todo el mundo asume que es la elegida.

Lucien añadió un leño al fuego mientras se planteaba si decirle la verdad, pero pensó que la supuesta relación con Viviana podía servirle de escudo frente a Audrey. O eso esperaba.

—Para mí el amor romántico no es lo más importante en un matrimonio. Ese tipo de amor es pasajero. Basta con ver a tu madre y a mi padre.

Audrey dejó el hielo en la mesa.

—¿Está enamorada de ti? —preguntó con el ceño fruncido.

—Nos llevamos bien y…

—¿Os lleváis bien? —Audrey se rio con desdén—. ¿Eso es todo lo que hace falta para que un matrimonio funcione? Qué tonta he sido creyendo que lo importante era que una pareja se amara, se cuidara y apoyara mutuamente.

—Resérvate los sermones para tu madre —dijo Lucien—. ¿Cuántas veces se ha enamorado y desenamorado?

Audrey se ruborizó y apretó los labios.

—No estamos hablando de mi madre, sino de ti. ¿Por qué vas a casarte con alguien a quien no amas?

Lucien enderezó uno de los *souvenirs* que había sobre la repisa de la chimenea.

–¿Por qué no cambiamos de tema? Jamás nos vamos a poner de acuerdo sobre esto.

–No he acabado –dijo Audrey–. ¿Por qué se conforma una mujer tan hermosa como Viviana con un hombre que no la ama? –se llevó la mano a la sien como si tuviera una súbita idea–. Ah, ¿solo está contigo porque eres el hijo de una estrella del rock?

–Te equivocas –Lucien forzó una sonrisa–. Cuando nos conocimos no sabía quién era mi padre –de hecho, ese era uno de los motivos de que le hubiera caído bien. Estaba harto de fans que solo querían salir con él por su padre. Llevaba intentando ahuyentarlas desde su adolescencia.

Audrey se acercó hasta la ventana cojeando.

–En cualquier caso, yo creo que cometéis un grave error. Uno debería casarse enamorado.

–¿No eras tú quien no pensaba casarse nunca? –Lucien decidió pasar al ataque.

Audrey miró a un punto indeterminado.

–Efectivamente.

–¿Y si te enamoras?

Audrey repitió el gesto de morderse el labio inferior que inmediatamente atraía la mirada de Lucien.

–Me cuesta creer que eso llegue a suceder.

–¿Y si un hombre se enamora de ti y te pide matrimonio?

Audrey dejó escapar una risa seca.

–¿Y cómo voy a saber si me ama a mí o si quiere conocer a mi madre?

Lucien frunció el ceño.

–¿Te ha pasado eso?

Audrey movió los labios hacia un lado.

–Las suficientes veces como para resultar molesto –volvió al sofá y ahuecó los cojines–. Pero, claro, no soy ni la mitad de guapa que mi madre.

Lucien se preguntó si su falta de confianza en sí misma era consecuencia de tener una madre tan glamurosa. Sibella era espectacular, eso era innegable. Y su padre volvía a ella como un adicto a su droga. ¿Habría sido difícil para Audrey crecer a la sombra de su madre? ¿La habrían comparado, siempre a peor, con ella? Él sabía bien que la prensa podía ser cruel con las celebridades, y hasta qué punto a veces atacaban también a sus familiares. Intentó recordar algún artículo en el que se mencionara a Audrey, pero como tendía a evitar la prensa del corazón, se quedó con la mente en blanco.

–No debes subestimarte.

–Al menos tú te pareces a tu padre.

Lucien pensó en cómo su estilo de vida había estropeado las facciones de su padre.

–No sé si eso es un halago. Y, para tu información, la belleza de tu madre a mí me deja frío.

Audrey sonrió con tristeza.

–Me alegro de saberlo.

Se produjo una breve pausa durante la que Lucien no pudo apartar la mirada del bello rostro de Audrey, de sus grandes ojos marrones y de sus sensuales labios. Sin una gota de artificio, era cautivadora. Audrey le recordaba a un retrato que había visto en una ocasión sin tan siquiera registrarlo en el momento, pero que, al reencontrárselo, le había dejado perplejo por su sutil belleza y profundidad.

Sin nada de maquillaje, su piel tenía el resplandor

saludable de un melocotón. Su cabello marrón tenía unas mechas castañas que solo podían ser naturales. No era tan hermosa como su madre, y en una multitud pasaría desapercibida, pero tenía el tipo de belleza que aumentaba cuanto más se conocían sus rasgos.

El sonido del teléfono rompió el silencio y Audrey lo buscó en su bolso. Miró la pantalla y antes de contestar articuló con los labios: «Es mi madre».

–¿Mamá? ¿Dónde estás? Te he llamado mil veces.

Aunque Lucien no podía oír el otro lado de la conversación, se hizo una idea por lo que decía Audrey.

–¿Qué? ¿Cómo sabes que estoy en Bramble Cottage? Estoy… con Lucien –dio la espalda a este y continuó en un susurro–. No está pasando nada. ¿Cómo se te ocurre…? Escucha, ¿vas a decirme dónde estás? –apretaba con tanta fuerza el teléfono que los nudillos se le pusieron blancos–. Sé que quieres pasar tiempo a solas con Harlan, pero… –Audrey soltó un juramento y dejó caer el teléfono en el sofá. Se volvió hacia Lucien y, dando un suspiro, dijo–: No me ha dicho ni una palabra.

–¿Nada?

–Ha esquivado todas las preguntas –Audrey frunció la frente–. Pero se me ha ocurrido una cosa: ¿te acuerdas de la casa que alquilaron en la Provenza para celebrar el cumpleaños de tu padre la primera vez que se casaron? ¿No era una de sus favoritas? Es el sitio perfecto para esconderse. Solían ir a menudo.

Lucien la recordaba mejor de lo que habría querido. Había acudido a la fiesta por cortesía. Habían bebido una buena dosis de alcohol y la música so-

naba a todo volumen. La madre de Audrey había hecho un striptease como regalo a su padre y Lucien recordaba cómo Audrey había salido de la habitación muerta de vergüenza. Todavía se lamentaba de no haber acudido a consolarla, pero desde la boda había evitado estar a solas con ella.

–¿No te ha dado ninguna pista? ¿Qué ha dicho?

–Sabía que yo estaba aquí.

–¿Cómo es eso posible?

–Por una aplicación del móvil. Me ha bloqueado para que no pueda localizarla, pero ella en cambio puede encontrarme –Audrey se ruborizó–. Ha creído que… ¡Qué más da lo que haya creído!

–¿Estaba borracha?

Audrey desvió la mirada.

–No creo. Me ha dado la sensación de que tu padre y ella quieren estar a solas un tiempo.

–Eso es raro, teniendo en cuenta que los dos adoran tener público.

–Puede que hayan cambiado –Audrey se mordió el labio inferior y frunció el ceño como si reflexionara intensamente sobre algo desconcertante.

Lucien había pasado los últimos veinticuatro años de su vida confiando en que su padre cambiara. Había perdido la cuenta de las veces que su comportamiento irresponsable y temerario le había decepcionado. Como cuando se había casado de nuevo con Sibella Merrington, la persona menos apropiada para conseguir que cambiara. De hecho, alimentaba todos sus peores hábitos.

Después del último divorcio, había tardado meses en conseguir que su padre pudiera funcionar sin consumir dos botellas de vodka al día. Cada vez que iba

a verlo a su casa, se lo encontraba cerca del coma etílico. Había hecho todo lo posible por que fuera a una clínica de desintoxicación, pero su padre se había negado. Sus médicos le habían advertido de que si no dejaba de beber corría el riesgo de causar un daño irreparable a su ya deteriorado hígado. Por eso, Lucien estaba decidido a remover cielo y tierra para encontrarlo y para que aquella locura terminara.

—Eso sería más difícil que encontrar un leopardo a rayas —dijo solemnemente.

Capítulo 4

AUDREY fue a la cocina para buscar algo de comida en la despensa, donde se almacenaban algunos alimentos no perecederos. Encendió otra vela y la colocó en la mesa. Lucien seguía en el salón, intentando organizar que un helicóptero los recogiera a la mañana siguiente. Audrey repasó la conversación con su madre, que había bromeado sobre el hecho de que Lucien y ella estuvieran juntos y había hecho una velada insinuación sobre lo alejada que ella estaba de su tipo de mujer.

Como si necesitase que se lo recordara.

Audrey estaba poniendo unas galletas saladas en un plato, junto con una tarrina de paté de atún cuando Lucien entró en la cocina.

—Me temo que esto es de lo poco que no está caducado —comentó.

—Está muy bien. No deberías haberte molestado.

—Hay una botella de vino en el frigorífico —dijo Audrey—. Sigue bastante fría a pesar del corte de electricidad.

Lucien la sacó y preguntó:

—¿Me acompañas?

A Audrey le habría encantado tomar una copa, pero temía hacer alguna tontería.

—No, gracias, tomaré agua —contestó. Y llevó la comida a la mesa.

Lucien esperó a que ella se sentara para tomar asiento. Se había servido una copa de vino, pero no la había tocado. Probó una de las galletas e hizo una mueca.

–Lo siento, están un poco rancias –dijo Audrey–. Dudo que mi madre haya venido en un montón de tiempo. Ni siquiera parece que el guardés haya pasado por aquí –tomó una galleta dando un suspiro–. Es probable que mi madre se haya olvidado de pagarle.

Lucien dio un sorbo al vino y lo dejó en la mesa.

–¿Por qué conserva la casa si está vacía casi todo el tiempo? ¿No sería mejor venderla?

Audrey pensó en la posibilidad de perder el único lugar en el que se sentía cercana a su madre y notó una presión en el pecho que la dejó sin aire. Sabía que venderla era lo más lógico, pero si lo hacían temía perder para siempre la única parte de su vida que había compartido con su madre.

–Siempre la he convencido para que no lo hiciera.

–¿Por qué?

Audrey empujó una miga con el dedo.

–La compró cuando consiguió su primer papel en la televisión. Veníamos casi cada fin de semana. El jardín era para mí el paraíso. Solíamos pasar horas haciendo cadenetas de margaritas y coronas de flores. Incluso solíamos cocinar juntas. No era una gran cocinera, pero lo pasábamos fenomenal… –Audrey sonrió al recordarlo–. Un divertido desastre… –se calló bruscamente y al mirar a Lucien vio que él la observaba con expresión pensativa–. Perdona, supongo que no te interesa…

–No te disculpes –dijo él en tono serio.

Audrey bajó la mirada hacia el plato.

–No siempre fue tan… excéntrica. Hacerse famosa la cambió.

–¿En qué sentido?

Audrey volvió a mirar a Lucien y al ver en sus ojos un sentimiento de compasión los muros que tanto se había esforzado en erigir para protegerse temblaron sobre sus cimientos.

–Por ejemplo…, no solía beber tanto.

–¿Te preocupa lo que bebe?

–Continuamente –Audrey encorvó los hombros–. Le he pedido que vaya a una clínica de rehabilitación, pero se niega. No cree tener un problema. Hasta ahora no ha interferido en su trabajo, pero puede suceder en cualquier momento. A veces temo que alguien huela el alcohol en su aliento cuando va a filmar, especialmente ahora que ha vuelto con tu padre. No pretendo echarle la culpa, pero…

–No pasa nada –Lucien esbozó una sonrisa que pareció más una mueca–. Ejercen una mala influencia el uno en el otro. Por eso tenemos que hacer lo posible para impedir que vuelvan a casarse.

–¿Y si no lo conseguimos? ¿Y si vuelven a pasar por un traumático divorcio?

El rostro de Lucien se ensombreció como si recordara los dos anteriores. Luego miró a Audrey fijamente.

–¿Cómo llevó tu madre las rupturas?

Audrey suspiró.

–Muy mal.

Lucien frunció el ceño.

–¿Pero no fue ella la que rompió las dos veces?

–Supongo que da lo mismo quién dé el paso. Una ruptura es siempre una ruptura –dijo Audrey–. Bebió. Mucho. La última vez se escondió en mi piso

durante tres semanas. Viví angustiada permanentemente, sobre todo cuando… –dejó la frase en suspenso. No le había hablado a nadie del intento de
suicidio de su madre porque esta le había hecho jurar
que lo mantendría en secreto.

–Sobre todo cuando… –la animó a seguir Lucien.

Audrey fue a por un vaso de agua.

–¿Quieres? –preguntó. Y al alzar el vaso le irritó
ver que le temblaba la mano.

–No –Lucien se puso en pie y fue hasta ella–.
Cuéntamelo, Audrey.

Incapaz de sostenerle la mirada, Audrey la desvió
hacia sus labios. Un gran error. La sombra de su
barba resultaba tan sexy que sintió un hormigueo en
los dedos por el impulso de tocarla. Y luego sus labios, para saborearlos y ver si se abrían a…

Lucien le puso un dedo bajo la barbilla y la obligó
a alzar la mirada a sus ojos.

–¿Qué ibas a decir?

Audrey sintió un fuego extenderse desde el punto
en el que la tocaba hasta las partes más íntima de su
cuerpo. Lucien escrutaba sus ojos con una intensidad
que hizo que le temblaran las rodillas.

–Creo que sí voy a tomar una copa de vino –dijo,
separándose de él y volviendo a la mesa para servirse
una copa y beber un sorbo.

Lucien volvió a ocupar su silla. Tardó unos segundos en hablar.

–Después del último divorcio, mi padre se bebió
dos botellas de vodka a diario. Pensé que iba a matarse. Cuando iba a verlo lo encontraba… Afortunadamente, no se acuerda de cuántas veces tuve que
cambiarle la ropa y las sábanas.

Audrey tragó saliva.

–Oh, Lucien. ¡Cuánto lo siento! Debió de ser horrible. ¿Le has pedido que vaya a una clínica?

Lucien miró a Audrey con gesto abatido.

–Como tu madre, se niega en redondo. Los médicos le han advertido de que, si no deja de beber, puede sufrir un fallo hepático.

–No me extraña que quieras impedir que se case con mi madre –dijo Audrey.

–Sé que Sibella no es responsable directa de que beba, pero, cuando está con ella, mi padre pierde el control –declaró Lucien–. Es como si, cuando están juntos, se dedicaran a autodestruirse.

–El amor que sienten el uno por el otro es tóxico –opinó Audrey–. Por eso yo no voy a enamorarme nunca. Es demasiado peligroso.

Lucien la observó con una expresión inescrutable.

–«Nunca» es una eternidad.

Audrey bebió otro sorbo de vino.

–Tú no te has enamorado hasta ahora. ¿Por qué no puedo conseguirlo yo también?

Lucien bajó la mirada a los labios de Audrey, y, aunque la volvió de inmediato a sus ojos, bastó aquella fracción de segundo para que la atmósfera cambiara radicalmente. Se creó una tensión. Una expectación.

–Puede que hayas salido con los hombres equivocados.

Audrey no había salido con ningún hombre.

Temía demasiado que la utilizaran. No ser amada por sí misma. Que se acostaran con ella y luego la dejaran, como habían hecho tantos amantes de su madre. No quería hundirse emocionalmente y recurrir al alcohol cuando le rompieran el corazón.

Bebió otro trago de vino. Dos.

—Puede que tú hayas salido con las mujeres equivocadas, de las que no te enamoras por temor a acabar como tu padre.

Los ojos de Lucien brillaron con escepticismo.

—Supongo que estás hablando de ti, querida.

Audrey dejó el vaso bruscamente en la mesa.

—Ríete de mí, pero yo no soportaría amar a alguien tan intensamente. Tu padre es como una droga para mi madre. Es una locura. Va a matarla —se reprendió mentalmente y añadió—: Figurada, no literalmente.

Lucien clavó en ella la mirada.

—¿Alguna vez ha intentado acabar con su vida?

Audrey se esforzó por componer una máscara de indiferencia, pero era imposible bloquear el dolor de encontrarse a su madre semiinconsciente junto a un frasco de pastillas medio vacío. ¿Qué habría pasado si se las hubiera tomado todas? ¿O si ella no hubiera llegado a tiempo? Notó un nervio palpitarle en la cara y que le temblaban los labios.

—¿Qué te hace pensar eso?

Lucien mantuvo la mirada fija en ella.

—Es mejor hablar de ello, Audrey.

Ella apretó los labios, debatiéndose entre el deseo de compartir su carga y el temor a comprometer su relación con su madre.

—La cuestión es que tenemos que evitar que vuelvan a estar juntos. Eso es todo lo que importa.

—Estoy completamente de acuerdo.

Una vez recogieron los restos de su frugal cena, Audrey fue al piso superior para hacer las camas. Pre-

paró la habitación más alejada de la suya para Lucien. No quería que pensara que su intención era hacer una incursión nocturna a su dormitorio. Cuando se metió en la cama, miró las sombras que la llama de la vela proyectaba en el techo y pensó en las veces que había estado en aquella misma cama, con su madre durmiendo en el dormitorio contiguo. Nunca había vuelto a ser tan feliz como entonces. Ni se había sentido tan segura. Pero aquellos bonitos recuerdos no la ayudaron a conciliar el sueño.

O tal vez se debía a saber que Lucien estaba en el otro extremo del pasillo. ¿Dormiría desnudo o en ropa interior, boca arriba o boca abajo? ¿Se movería mucho o poco?

Audrey se incorporó, ahuecó la almohada y volvió a echarse. De pronto le dio un vuelco el corazón. ¿Lo que se veía en el techo era una araña? No, solo una sombra proyectada por la vela. Se humedeció los labios. Estaba sedienta. Si no bebía agua, no lograría dormirse. Debía haberse llevado un vaso consigo.

Se levantó y se estiró el camisón de satén sobre los muslos. Salió de puntillas al pasillo por si Lucien estaba despierto, pero la puerta de su dormitorio se hallaba cerrada. Bajó las escaleras tan rápidamente como pudo. Al pisar un tablón de madera que crujió, se quedó paralizada con el otro pie en el aire hasta que se aseguró de que podía seguir adelante.

El cielo se había despejado y la luz de la luna iluminaba la cocina. Audrey bebió agua mientras contemplaba el jardín y los campos en la distancia. Lucien tenía razón. Lo lógico sería vender la casa. Al no ser ocupada regularmente, estaba entrando en un deplorable estado de deterioro.

Un poco como su relación con su madre.

Audrey sabía que era infantil seguir buscando el afecto de su madre, pero llevaba años sin sentirse amada por ella. Sibella adoraba a sus fans y la fama y no le quedaba tiempo para su vida previa a ser una celebridad. Actuaba como si esa persona jamás hubiera existido. Ya no existían la madre adolescente y su adorada pequeña. En su lugar, había surgido Sibella Merrington, la exitosa actriz de televisión conocida en el mundo entero.

¿Y dónde estaba la adorada niña?

Ya nadie adoraba a Audrey.

No estaba segura de si sus amigos la querían a ella o el hecho de que tuviera una madre famosa. Esa semilla de duda siempre arraigaba en su mente, lo que le impedía abrirse a los demás.

Se giró con un suspiro, llenó de nuevo el vaso de agua y, tras ir al salón, se acurrucó en el sofá. De haber habido electricidad habría puesto una película acorde con su estado de ánimo; y, si la hubiera tenido, se habría tomado una tableta de chocolate.

Apoyó la cabeza en uno de los cojines y contempló las brasas de la chimenea hasta que finalmente cerró los ojos.

Lucien no conseguía dormir. Y aunque le pasaba a menudo porque solía trabajar hasta tarde y cambiaba continuamente de husos horarios, aquella noche la causa de su insomnio era saber que Audrey estaba en el dormitorio del otro extremo del pasillo. Saberlo hacía que la sangre le bombeara en las venas y sintiera un cosquilleo en la piel. No sabía si era su

imaginación, pero creía poder oler su aroma en las
sábanas. Y esa idea evocaba en su mente imágenes
que se había prohibido tener. Podía sentir su presencia como si fuera un zumbido en el aire. Tenía la piel
de gallina y su impulso sexual, normalmente bajo
control, se removía y rugía como una bestia enjau-
lada.

Lucien respiró profundamente. No iba a pasar
nada. Ni aunque Audrey fuera a buscarlo. Él la re-
chazaría.

Y no porque no le resultara tentador darse un re-
volcón entre las sábanas con ella. De hecho, era demasiado tentador. Sus sensuales curvas conseguirían
que un monje de noventa años se cuestionara su voto
de castidad.

Pero él no pensaba complicar aún más las cosas
por un desliz con Audrey. Por mucho que sus labios
fueran un reclamo para los de él. Tenía que dejar de
pensar en besarla.

Se sentó en la cama y contestó un par de correos
electrónicos mientras permanecía atento a oírla subir. La había oído bajar hacía media hora. ¿Debía
bajar a ver si estaba bien?

«No. Mantén las distancias».

Siguió escribiendo, pero no lograba concentrarse.
Dejando escapar un suspiro, se puso los pantalones y
la camisa, y bajó.

Audrey estaba echada sobre el sofá, delante del
fuego. Tenía una de las manos bajo la barbilla, la otra
colgaba hacia el suelo. Llevaba un camisón azul que
se pegaba a sus curvas como una segunda piel. Una
punzada de deseo atravesó la ingle de Lucien al seguir la forma de sus muslos. Era extraño que llevara

un camisón tan sexy cuando de día llevaba una ropa tan conservadora. Lucien sabía que no debía contemplarla como un adolescente lascivo, pero no podía apartar los ojos de ella.

El escote dejaba ver un tentador canalillo. Audrey emitió un murmullo al tiempo que se llevaba la mano que colgaba fuera del sofá a la cara, como si ahuyentara algo.

Lucien esperó a que volviera a asentarse antes de echarle encima una manta cuidadosamente. Luego retrocedió con sigilo, pero había olvidado la mesa y se chocó contra ella con un sonoro ruido.

Audrey se incorporó como un muelle.

–Ah, eres tú. ¿Desde cuándo estás ahí?

–Desde hace poco. He bajado a por una cosa y te he encontrado en el sofá. Te he tapado con la manta.

Audrey se la subió hasta los hombros como si fuera un chal. Parecía una niña con una prenda demasiado grande para ella. Sus ojos brillaban somnolientos y tenía marcas en la mejilla por la presión del cojín.

–¿Qué hora es?

–Cerca de las cuatro.

–Espero no haberte perturbado.

«Tú me perturbas todo el tiempo».

–No. Estaba trabajando.

Audrey se puso en pie manteniendo la manta sobre los hombros.

–No podía dormir y he bajado a por un vaso de agua. He debido de quedarme dormida –miró la chimenea con melancolía–. Creo que tienes razón sobre lo de vender la casa. No tiene sentido que esté tanto tiempo vacía.

–¿Te la quedarías tú? –preguntó Lucien–. Podrías usarla como casa de vacaciones, ¿no?

Audrey se encogió de hombros.

–Tengo una vida social ajetreada en Londres. De todas formas, no podría mantenerla.

Lucien se preguntaba hasta qué punto era verdad que tuviera una vida social tan plena. Nunca había oído a su madre o a su padre mencionar a ninguno de sus novios.

–¿No se te ha ocurrido venir un fin de semana con alguno de tus numerosos amantes?

Audrey se ruborizó.

–Voy a volver a la cama –fue a pasar de largo junto a Lucien, pero él la sujetó por el brazo. Sus miradas se encontraron, pero Audrey enarcó levemente las cejas como una institutriz airada–. ¿Quieres algo, Lucien?

Lucien bajó la mano antes de cometer el error de decirle impulsivamente lo que quería de ella.

–No. Buenas noches.

Cuando Audrey bajó al día siguiente, encontró a Lucien listo para partir.

–Nos vamos –dijo.

Audrey sintió que se le revolvía el estómago como si ya estuviera en el helicóptero.

–¿Cuándo? ¿Ya?

–He quedado con un granjero en el puente. Nos va a cruzar el río en su tractor y al otro lado nos espera un coche de alquiler.

–¿No vamos en helicóptero? –preguntó ella aliviada.

–No.

–¿Por qué has cambiado de idea?

–No quiero llamar la atención. Cuanta menos gente sepa que hemos pasado aquí la noche, mejor.

El alivio de Audrey colisionó con el enfado de que Lucien prefiriera evitar que lo vieran en público con ella. ¿Tan espantosa le resultaba la idea de que alguien pensara que «habían pasado la noche juntos»?

Estaba segura de que no le importaría tanto de haberse tratado de Viviana. A ella la habría bajado del helicóptero en brazos, mostrándola como un trofeo.

La idea hizo que Audrey sintiera náuseas y ganas de dar un puñetazo.

–Si tanto te molesta que te vean conmigo, ¿por qué insistes en que te acompañe? Puedo volver a Londres y hacer mis propias pesquisas mientras tú haces las tuyas.

–Olvidas que tu coche no está en condiciones de ir a ninguna parte.

–Puedo alquilar uno.

Lucien la miró con una irritada determinación.

–No, iremos juntos. Tenemos que presentar un frente común cuando los encontremos. Creo que puedes tener razón respecto a San Remy. Mi padre ha ido allí varias veces en los últimos años.

Audrey apretó los labios. ¿Por qué insistía Lucien en que lo acompañara cuando no quería llamar la atención?

–¿Qué me dices de Viviana?

–¿Qué pasa con ella?

–¿Qué pensará de que pasemos tanto tiempo juntos?

Una expresión peculiar cruzó el rostro de Lucien.

–No es celosa.

Audrey enarcó una ceja.

–¿Porque no soy delgada y guapa como ella?

Lucien cerró los ojos como si intentara hacer acopio de paciencia.

–Ve a por tu bolsa de viaje. El granjero debe de estar ya esperándonos.

Un poco después llegaban al puente. Al otro lado, el granjero los esperaba en el tractor, junto a un coche de alquiler. Audrey no pudo dejar de admirar la capacidad de organización de Lucien, además de confirmar con ello lo decidido que estaba a impedir el matrimonio de sus padres. Ni siquiera un puente roto se interpondría en su camino.

El granjero le saludó con un movimiento de la mano y procedió a cruzar el río unos metros más abajo de donde el puente había colapsado. El tractor trepó por la ribera del río hasta detenerse delante de Lucien y Audrey. Esta reconoció al granjero de otras visitas a la casa y le agradeció su ayuda.

–No hay de qué –dijo Jim Gordon–. Sujétate bien, jovencita Merrington. El agua no es demasiado profunda, pero el fondo está muy desnivelado.

Lucien le dio a Jim la bolsa de Audrey; luego se colocó detrás de ella y la tomó por las caderas para ayudarla a subir al tractor. El contacto de sus manos, incluso a través de la ropa, hizo que los sentidos de Audrey se revolucionaran. Puso el pie en el peldaño de metal y se impulsó hacia arriba. Lucien la siguió de un salto y, sentándose junto a ella, le pasó la mano por la cintura para mantenerla segura.

–¿Estás bien? –preguntó él.

–Sí –dijo Audrey, casi sin aliento por tenerlo tan cerca.

Jim puso el tractor en marcha y enseguida alcanzaron la otra orilla. Lucien bajó y alargó las manos hacia Audrey. Ella posó las manos en sus hombros y Lucien la tomó por la cintura y la bajó como si fuera una pluma.

Por un instante permanecieron quietos, ella con las manos en los hombros de él; Lucien con las suyas en la cintura de Audrey. Incluso los pájaros parecieron detener sus trinos, como si alguien hubiera dado a un botón de «pausa». Los ojos azules de Lucien mantenían hipnotizada a Audrey; sus muslos prácticamente rozaban los de ella. Podía sentir el calor que emanaba de su cuerpo. Lucien bajó la mirada a sus labios y sus manos le presionaron la cintura, como si estuviera a punto de atraerla hacia sí. A Audrey se le aceleró el corazón. Miró los labios de Lucien y en su vientre algo vibró, como las páginas de un libro arremolinadas por una juguetona brisa. Se humedeció los labios… pero el sonido del tractor al ponerse en marcha rompió el hechizo.

Lucien la soltó y se volvió hacia Jim.

–Gracias de nuevo.

–La llave del coche está en el contacto –dijo Jim, señalando el coche con la cabeza–. Yo me ocuparé de que lleven el de la joven Merrington al taller, tal y como usted me ha pedido.

Aunque Audrey se sintió súbitamente como una débil mujer rodeada de hombres fuertes y capaces que solucionaban sus problemas, decidió tragarse su orgullo de mujer emancipada.

Lucien abrió la puerta del coche para ella.

–Si me dejas en la estación de tren más próxima… –empezó Audrey.

–¿Llevas tu pasaporte en la bolsa de viaje?

–Sí, pero…

Lucien la miró de una manera que hizo estremecer a Audrey.

–Nos vamos a San Remy.

Capítulo 5

LUCIEN sabía que no era una buena idea que Audrey fuera con él al sur de Francia, pero quería asegurarse de que Sibella y su padre comprendieran hasta qué punto los dos estaban en contra de que se casaran. Tener cerca a Audrey era una mala idea. Una cosa era ayudarla a subir y bajar del tractor, pero ¿quién le obligaba a quedarse mirándole los labios como un adolescente fascinado a punto de dar su primer beso?

Por otro lado, tenía que admitir que le había encantado estrecharla contra sí, ver cómo abría los ojos y se humedecía los labios como si esperara el contacto de los suyos.

Y él había estado muy cerca de sucumbir a la tentación.

Por un instante la lascivia lo había cegado. Sentir sus senos pegados a su pecho le había permitido imaginarse que sus pieles desnudas estaban en contacto. Tener sus muslos tan cerca hizo que se los imaginara rodeándole la cintura al tiempo que él penetraba su aterciopelada y cálida cueva. Él siempre había salido con modelos delgadas, pero había algo en la voluptuosa figura de Audrey que despertaba todo lo que había de masculino en él.

Pero eso no podía ser una excusa. Él no era como

su padre, que flirteaba con cualquier mujer incluso cuando tenía pareja. Él tenía una voluntad férrea y no permitiría que las sensuales curvas de Audrey y sus carnosos labios le hicieran perder el dominio de sí mismo.

O eso esperaba.

Audrey se planteó negarse a ir con Lucien, pero sin coche y sin dinero en metálico para alquilar uno, no habría podido continuar la búsqueda de su madre y de Harlan. La idea de pasar el fin de semana en su piso, sin otra cosa que hacer que ver cómo Rosie se preparaba para salir con su último novio resultaba deprimente. O no tan atractiva como la de un fin de semana en San Remy. No porque significara ir con Lucien Fox. Por supuesto que no.

Pero, cuando llegaron al aeropuerto de Londres, a Audrey le horrorizó ver a un grupo de paparazzi esperándolos.

–¡Oh, no! ¿Cómo es posible que nos hayan localizado?

Lucien tenía la expresión sombría de un enterrador.

–¿Quién sabe? No digas nada. Deja que hable yo.

Lucien la ayudó a bajar del coche al tiempo que el grupo de periodistas se acercaba.

–¿Lucien? ¿Audrey? ¿Qué os parece que vuestros respectivos padres vayan a casarse por tercera vez?

–Sin comentarios –dijo Lucien cortante.

–¿Audrey? –el periodista acercó la grabadora a ella–. ¿Qué hay entre Lucien Fox y tú?

–Nada –dijo Audrey, ruborizándose.

–¿Es verdad que habéis pasado la noche juntos en la casa de campo de tu madre?

Audrey tragó saliva. ¿Les habría visto alguien? ¿Lo habría contado Jim Gordon?

–Sin comentarios –replicó.

–¿Qué piensa Viviana Prestonward de la cariñosa relación que tienes con tu hermanastra, Lucien? –preguntó otro periodista.

Audrey habría jurado que oía las muelas de Lucien rechinar.

–No quiero repetirme, pero: sin comentarios –dijo él, con los labios tan apretados que no habría pasado entre ellos ni una hoja de papel. Tomó a Audrey por el brazo y la guio hacia el mostrador de facturación–. Te he dicho que no dijeras nada.

–No he dicho nada que no hayas dicho tú.

–Les has dicho que no hay nada entre nosotros –Lucien tiró de ella para que no la atropellara un señor con su maleta.

–Porque no lo hay.

–Has hecho que sonara como si sí.

Audrey tiró del brazo para soltarse y se lo frotó.

–No es verdad. ¿Qué querías que hiciera? ¿Dejar que siguieran haciendo insinuaciones? De todas formas, no entiendo el problema. Nadie se creería que puedas sentir el menor interés por mí.

Lucien frunció el ceño.

–Esto es culpa de tu madre.

Audrey sintió un peso en el pecho.

–¿Crees que ha avisado a la prensa? ¿Por qué iba a hacerlo?

Lucien apretó los labios en un gesto de escepticismo.

–Porque le encanta liar las cosas. Y cuanta más atención nos dediquen a nosotros, menos les dedicarán a ella y a mi padre.

¿Era eso posible cuando Sibella sabía bien cuánto le desagradaba Lucien?

Pero no parecía tan improbable. Su madre la había bloqueado en su aplicación, pero sí podía localizarla a ella. Era capaz de haber seguido sus movimientos desde que se había marchado de su piso la mañana anterior. Audrey podía imaginarse sin dificultad a Harlan y a su madre riéndose de ellos mientras compartían una botella de vino.

El teléfono de Lucien sonó cuando estaban esperando a embarcar. Al mirar la pantalla, hizo una mueca y tras articular con los labios una disculpa, se alejó de Audrey para hablar. Ella intentó no escuchar. Bueno, en realidad el ruido de fondo de la terminal le impidió oír la conversación, pero la expresión sombría de Lucien fue reveladora. Tras colgar, se guardó el teléfono en el bolsillo.

–¿Problemas en el paraíso? –preguntó Audrey, enarcando las cejas.

Lucien se encogió de hombros como si le diera lo mismo.

–Vamos, es casi hora de embarcar.

Audrey esperó a estar sentados en el avión para volver a sacar el tema de Viviana.

–Así que sí es celosa.

Lucien apretó los labios como si alguien le tirara de una cuerda.

–Si esperas verme destrozado, como mi padre, pierdes el tiempo.

–No espero eso –Audrey se puso el cinturón de

seguridad–. Mi teoría era correcta. Tú jamás tendrías una relación con alguien que pudiera abrir la cerradura de tu corazón –se volvió hacia él y le dedicó una sonrisa forzadamente dulce–. Si es que tienes corazón, claro.

Lucien la miró de soslayo.

–Confío en que no seas uno de esos pasajeros pesados que se empeñan en charlar durante todo el viaje.

–No, prefiero leer o ver películas.

–Me alegro –Lucien apoyó la cabeza en el reposacabezas y cerró los ojos.

Audrey ojeó la revista que encontró en el bolsillo del asiento, pero su mirada vagaba continuamente hacia su acompañante. Viajaban en clase turista, y tenía que admitir que ese detalle le había gustado. Su madre siempre insistía en viajar en primera, incluso cuando no podía permitírselo. Para ella todo era cuestión de imagen, de cómo la percibiría el público. Para Audrey, eso le hacía llevar una existencia superficial, y siempre se preguntaba cómo reaccionaría cuando su fama fuera declinando, tal y como acabaría sucediendo inevitablemente. Suspiró y tomó el mando a distancia para ver el menú de películas. La fama de su madre se apagaría aún más aceleradamente si no la convencía de que cancelara la boda con Harlan Fox.

Lucien abrió los ojos y se encontró a Audrey descalza, acurrucada en el asiento, llorando y rodeada de envoltorios de chocolatinas. Se secaba los ojos con un pañuelo de papel mientras en la pantalla salían los títulos de crédito de la película.

–¿Era una película triste? –preguntó él, pasándole un pañuelo

Audrey lo miró avergonzada al tiempo que se quitaba los auriculares y tomaba el pañuelo.

–La he visto veintitrés veces y todavía me hace llorar.

–Debe de ser una película muy buena –Lucien se inclinó para ver cuál era–: *Notting Hill*.

–¿La has visto?

–Una vez, hace muchos años.

Audrey suspiró.

–Es mi película favorita.

–¿Qué te gusta tanto de ella?

–El personaje de Julia Roberts es una de las actrices más famosas del mundo, pero en el fondo es una persona normal de la que se enamora Hugh Grant; pero él está a punto de perderla por los problemas que conlleva que ella sea famosa. Hasta que entra en razón cuando su amigo le dice que es un idiota y… –Audrey frunció los labios–. Perdona, te estoy aburriendo –hizo ademán de cerrar los labios como si fueran una cremallera–. Se acabó. No más conversaciones triviales.

–No me estás aburriendo –a Lucien le sorprendió descubrir que no mentía. Habría estado dispuesto a oírla hablar con aquel entusiasmo de la película durante toda una hora.

–De todas formas, ya la has visto, así que… –Audrey bajó la mirada.

–Tienes chocolate en los labios –dijo Lucien.

–¿Dónde? –Audrey se pasó el pañuelo–. ¿Ya?

Lucien se lo quitó de la mano y, sujetándole la barbilla, le limpió delicadamente la mancha.

«Estás tocándola otra vez».

Lucien hizo oídos sordos a la voz de su conciencia y le pasó el pañuelo por el otro lado de los labios.
Aunque no tenía ninguna mancha, no pudo resistirse
a ver la reacción de Audrey, que abrió los ojos y luego
parpadeó como un gatito gozando de una sensual
caricia. Algo en su pecho se relajó, como si súbitamente se le soltara un nudo.

Colocó el pulgar en el labio inferior y al desli-
zarlo a un lado y a otro sintió que le ardía la sangre.
Audrey dejó escapar un gemido contenido que hizo
prender el deseo de Lucien como si hubiera aplicado
una llama a un leño seco. Aproximó su rostro al de
ella lentamente, dándole tiempo a que retrocediera, a
detener él mismo aquella locura.

Pero la voz que le exigía parar sonó como una si-
rena lejana, casi inaudible.

Cubrió los labios de Audrey con los suyos y su
suavidad le hizo pensar en seda. Los presionó una
vez. Pero no le bastó: quería más, anhelaba más, an-
siaba más.

Volvió a presionarlos y ella los entreabrió con un
suspiro al tiempo que alzaba las manos a su pecho y
se asía a su camisa. La lengua de Lucien encontró la
de ella y un dardo ardiente de deseo lo atravesó. Per-
dió la cabeza. La boca de Audrey sabía a chocolate y
a algo que era exclusivo de ella. Su boca era puro
néctar. Un potente veneno que debía probar para so-
brevivir. Sus labios se fundieron con los de ella, su
lengua bailó con la de ella una danza de cortejo
como si fueran dos bailarines que se conocieran a la
perfección.

Lucien deslizó la mano hacia la nuca de Audrey y

una renovada oleada de deseo lo consumió, recorriéndolo con el poder incendiario de una hoguera. La fiereza del deseo que sentía le palpitaba en la ingle. Gimió contra los labios de Audrey y metió y sacó la lengua de su boca en un vaivén erótico. Se movió solo para cambiar de posición, pero Audrey se separó de él con la mirada perdida. Sus labios estaban hinchados y su barbilla enrojecida por el roce de su mentón.

Era la primera vez en su vida que Lucien se quedaba sin palabras.

Carraspeó y se estiró la camisa.

—Bueno. Esto no puede volver a pasar.

Sabía que había sonado antipático y cortante, pero tenía que romper el hechizo sensual en el que Audrey le había hecho caer.

Audrey se tocó el labio superior con expresión sorprendida.

—¿No te ha… gustado?

«Demasiado».

—Claro que sí. Pero no vamos a volver a hacerlo, ¿entendido? —Lucien puso su mejor cara de director de colegio para disimular lo alterado que estaba.

Audrey le miró los labios y asintió.

—Probablemente sea lo mejor… Creía que ibas a arrancarme la ropa y…

Lucien cortó el aire con la mano bruscamente.

—Se acabó. Tú y yo… Sería una locura.

—¿Por qué? —preguntó ella en tono dubitativo.

—¿No me has oído? No volveremos a besarnos ni a tocarnos. Eso es todo.

Audrey sonrió inocentemente.

—¿Por qué le das tanta importancia? No te he pedido que te acuestes conmigo. Ha sido solo un beso.

¿Solo un beso? ¿O un beso capaz de borrar todos los besos pasados y futuros? Lucien todavía sentía un cosquilleo en los labios. Todavía podía saborearla. La sangre aún le bombeaba en las venas.

Necesitaba una ducha fría. Visitar a un psiquiatra. Poner una camisa de fuerza a su deseo.

Su mirada viajaba a los labios de Audrey como si fuera un perro de caza olfateando una presa.

–Escúchame, Audrey –suspiró y desvió la mirada–. Tenemos que ser sensatos. Nuestra misión es evitar que nuestros padres cometan un terrible error. No podemos empezar a cometerlos nosotros.

–No hace falta que insistas –dijo ella–. Entiendo que no te interese besarme, aunque haya parecido lo contrario –lo miró airada–. No deberías mandar señales contradictorias. Puede dar lugar a equívocos. Aunque no sea mi caso. Solo lo digo para que en el futuro tengas más cuidado.

Lucien exhaló bruscamente.

–Olvidémonos del beso, ¿vale?

Audrey se dejó caer sobre el respaldo de su asiento y tomó el mando a distancia.

–¿De qué beso? –preguntó, y presionó un botón como si con ello estuviera desconectando a Lucien.

Él se acomodó y trató de recuperar la compostura, de olvidar el beso. «Olvídalo, olvídalo». Pero cada vez que tragaba sentía el dulce sabor de Audrey. Ya no volvería a tomar chocolate sin acordarse de ella. Y del beso.

Durante seis años se había resistido. Había sido sensato y había rechazado sus avances cuando estaba achispada.

Pero después de besarla…

Con la supuesta relación con Viviana terminada, no había tenido donde esconderse y su control había colapsado como un castillo de naipes. Pero tenía que mantener unos límites precisos. Él no era de los que besaba a una mujer cuando mantenía una relación, por más que esta fuera una farsa.

Él tenía principios.

Pero la ironía era que Viviana no había roto la relación por el *tweet* de la madre de Audrey, sino porque se había enamorado de un fotógrafo en una sesión fotográfica, alguien a quien conocía desde hacía años.

Así que él se encontraba inoportunamente libre. Porque sin la protección de una «relación» podía dejarse llevar por la tentación de tener un *affaire* con Audrey.

Una tentación extremadamente peligrosa.

Tanto que, por más argumentos que usara para convencerse, era en lo único en lo que podía pensar. Después de todo, eran un par de adultos que sentían una fuerte atracción mutua. Además, ninguno de los dos quería casarse.

Él siempre había elegido a sus parejas cuidadosamente para que no exigieran ni promesas ni ataduras. Nunca había estado con nadie que le hiciera perder el control. Era un hombre con los deseos y las necesidades normales, pero siempre había sido selectivo respecto a cómo expresar sus pasiones.

Con Audrey nada de eso funcionaba. Lo sabía a un nivel básico. Audrey tenía la capacidad de hacerle perder el control que tanto se había esforzado en mantener.

Pero tal vez si se acostaba con ella se le pasaría,

exorcizaría de una vez para siempre los fantasmas que lo acosaban.

Audrey apagó la pantalla y se volvió hacia él.

—Para acabar de romper con una mujer con la que ibas a casarte, pareces haberlo superado indecentemente deprisa.

Audrey no tenía ni idea de hasta qué punto sus pensamientos eran indecentes. Pero Lucien decidió decirle la verdad respecto a Viviana.

—Solo fingíamos estar saliendo. Le estaba haciendo un favor.

Audrey frunció el ceño.

—¿Quieres decir que erais amigos con derecho a roce?

—Sin ningún derecho. Viviana solo quería que su ex creyera que había superado el golpe de la separación.

—Ah —Audrey se mordió el labio inferior—. Qué… amable por tu parte. ¿No te tentaba acostarte con ella? Es preciosa.

—¿Y tú? Asumo que no estás con nadie, ¿o tengo que temer que alguien quiera romperme las piernas?

Audrey frunció los labios.

—Hace tiempo que no salgo con nadie.

—¿Cuánto tiempo?

Audrey apartó la mirada y dijo:

—No me creerías.

—Inténtalo.

Audrey le miró fijamente y Lucien sintió una descarga eléctrica.

—¿Estás pensando en el beso? —preguntó ella.

—No —era una mentira tan patente que Lucien temió que lo partiera un rayo.

–Entonces, ¿por qué me miras los labios todo el rato?

–No es verdad –dijo él, subiendo la mirada a sus ojos.

–Claro que sí. ¿Lo ves? Acabas de hacerlo.

–Estaba fijándome en que te he raspado la barbilla –Lucien le pasó los dedos–. ¿Te duele?

Audrey se estremeció como si el roce de sus dedos le diera corriente.

–Me has vuelto a tocar –dijo con una voz ronca que provocó un estremecimiento en Lucien.

Dejó caer la mano y apretó el puño.

–Volviendo al tema anterior –Lucien pasó al ataque–. ¿Por qué me miras los labios todo el tiempo?

–¿Eso hago? –preguntó Audrey.

–Sí

Audrey se los miró.

–Puede que porque nadie me había besado nunca así.

«Lo mismo digo, cariño».

–¿Nadie?

–Nadie.

Lucien le pasó el dedo por el labio inferior. Ella cerró los ojos y se inclinó levemente hacia él. Lucien movió el dedo bajo su barbilla y se la elevó para que lo mirara.

–Olvídalo.

–¿El qué? –preguntó ella con expresión inocente.

Lucien se rio quedamente.

–Estás pensando lo mismo que yo, así que no lo niegues.

Audrey se humedeció los labios.

–¿Cómo lo sabes? No puedes leerme el pensamiento.

El deseo fluyó por Lucien como un dolor sordo.

–Me deseas.

–¿Y? Eso no significa que vaya a hacer nada al respecto. Además, has dicho que ni más besos ni más contacto –Audrey batió las pestañas–. Pero quizá te lo decías a ti mismo.

–No te preocupes. Soy capaz de controlarme.

Audrey enarcó una ceja.

–Así que, si me inclinara y posara mis labios en los tuyos, ¿no me besarías?

Lucien tuvo que hacer acopio de toda su fuerza de voluntad para no mirarle los labios.

–¿Quieres comprobarlo?

Audrey sonrió y luego se puso seria.

–No.

¿No? ¿Qué quería decir con eso? Él quería demostrarle que podía resistirse. Por eso se sentía desilusionado. Solo por eso. ¿Qué más le daba que ella no quisiera besarlo?

Consiguió componer una sonrisa.

–Cobarde.

Aun dos horas después de haber aterrizado en Marsella, Audrey seguía reviviendo el beso. Habían alquilado un coche y estaban cruzando el pueblo camino de la casa solariega a las afueras de San Remy. Audrey se tocaba los labios cuando Lucien no la miraba, preguntándose cómo podían seguir tan... despiertos, tan sensibles, tan vivos. Cada vez que se pasaba la lengua, saboreaba a Lucien. Cada vez que se

miraba en el espejo, veía la marca de la fricción de su barba. El beso había sido apasionado, cautivador, mágico. Sus bocas habían respondido como las llamas de dos fuegos fundiéndose en una única llamarada cuyo calor seguía quemándole las entrañas. Podía sentir la pulsante inquietud del deseo insatisfecho en su cuerpo, un dolor que se intensificaba con cada respiración.

Miró por la ventanilla y contempló las bonitas tiendas del pueblo, lamentándose de que no pudieran detenerse a explorarlas. El pueblo estaba rodeado de una muralla y muchos de sus preciosos edificios medievales databan del siglo XV.

Lucien desaceleró para dejar que una madre cruzara la calle con sus dos hijos y su perro.

–¿Sabías que Nostradamus, el autor de las profecías, nació en San Remy en el siglo XVI? –preguntó él.

–Sí –dijo Audrey–. Y también es donde Vincent Van Gogh fue tratado de su enfermedad mental. Me encantaría que nos diéramos un paseo por el pueblo.

–No hemos venido a hacer turismo.

–Ya, pero ¿y si mi madre y Harlan no están en la casa?

–He llamado al dueño desde Londres.

–¿Te ha confirmado que están aquí?

–No.

–¿Y por qué vamos hacia allí si no crees que…?

–Estaba nervioso y ha eludido mis preguntas, lo que me ha hecho pensar que ocultaba algo.

–Pero tú eres el hijo de Harlan, sois familia. ¿Cómo no iba a decírtelo?

Lucien se encogió de hombros.

–No formamos ese tipo de familia.

«Nosotras tampoco».

Audrey volvió a mirar por la ventanilla. Se alegraba de que hubiera sido Lucien quien había iniciado el beso en lugar de haberse humillado ella una vez más. Aunque intentara disimularla, la atracción que Lucien sentía hacia ella era evidente. La percibía cada vez que la miraba, cada vez que la rozaba.

Le había sorprendido descubrir que no mantenía una relación de verdad con Viviana. Y le había encantado. Pero había dejado que todo el mundo, incluso ella, lo creyera. Hasta que Viviana le había llamado, con toda seguridad después de ver el *tweet* de su madre. ¿Habría creído Viviana que había algo entre Lucien y ella?

En cualquier caso, siempre le había extrañado que Lucien pensara en casarse si se esforzaba por evitar el amor. Incluso los matrimonios de conveniencia terminaban con los cónyuges enamorándose. ¿O estaba decidido a proteger siempre su corazón?

¿Tan decidido como ella?

Porque su determinación era férrea. Nunca se enamoraría tal y como había visto hacer a su madre, perdiendo todo sentido de la dignidad y entregándose a hombres que acababan dejándola o decepcionándola.

Pero eso no significaba que no quisiera experimentar la sensualidad: sentir las caricias de un hombre, su piel, sus labios en los de ella, sobre sus senos, en su...

«Podrías tener un *affaire* con Lucien».

Se permitió contemplar esa posibilidad unos segundos...

Lucien se sentía atraído por ella. A ella le gustaba él. Ninguno de los dos estaba comprometido.

¿Qué mal podían hacer? Eran dos adultos. A Lucien no le interesaba la fama de su madre, así que no tendría que preocuparse por sus intenciones. Solo lo movería el deseo.

Igual que a ella.

Lucien frenó bruscamente y la asió por el brazo, por un instante, Audrey creyó que le había leído el pensamiento.

—Mira, ¿esa que está al lado de ese puesto de mercado no es tu madre?

Audrey miró en la dirección que le señalaba.

—¿Qué puesto?

Aunque no era miércoles, el día oficial de mercado, había algunos puestos de fruta y verdura, pan fresco y deliciosos quesos de la región.

Entonces vio una cabeza rubia antes de perderla entre el laberinto de puestos.

—No estoy segura. Podría ser, pero...

—Aparcaré para que hagamos una búsqueda a pie —dijo Lucien—. Puede que no se hayan alojado en la casa de costumbre, sino en el pueblo. Aunque sea pequeño, es fácil pasar desapercibido entre la gente.

Capítulo 6

LUCIEN aparcó en una calle apartada y caminaron hacia el mercado. En su afán por mantener el paso de Lucien, Audrey se tropezó con un adoquín y para impedir que se cayera, él le tomó la mano.

–Cuidado, no vayas a romperte una pierna.

–Estoy bien –Audrey intentó soltarse, pero Lucien la asió con firmeza–. ¿No sería mejor que nos dividiéramos? Así cubriríamos una zona más amplia. Podemos mandarnos un mensaje si los vemos.

Tras unos segundos, Lucien le soltó la mano.

–Buena idea. Yo iré por este lado del mercado y tú por el otro. Te llamaré o escribiré en diez minutos.

Audrey empezó a buscar entre la gente, pero la comida atraía su atención constantemente. El aroma del pan recién hecho y de los cruasanes le hacían la boca agua. Vio a varias mujeres rubias, pero ninguna era su madre. De hecho, en ese momento le daba lo mismo encontrarla o no. Solo podía pensar en comerse un cruasán de chocolate.

Buscó con la mirada a Lucien y lo descubrió en el extremo opuesto, al lado de un puesto de fruta y verdura. Sacó el monedero y haciendo uso del francés que había aprendido en el colegio, compró un cruasán. El primer bocado del delicioso hojaldre le pro-

dujo un placer casi tan intenso como el beso de Lucien. Casi. El segundo le arrancó un gemido de placer. Pero, cuando iba a dar el tercero, vio a su madre saliendo de una boutique a apenas un metro de distancia. O más bien una versión suavizada de su madre. Llevaba una bolsa de la compra con una barra de pan envuelta en papel y algo de fruta y verdura.

–¿*Mamáf*? –la boca llena no ayudó a su dicción. Tragó y repitió–: ¿Mamá?

Inicialmente temió haberse equivocado. La mujer que estaba ante ella tenía los ojos y el cabello de su madre, pero no estaba ni peinada ni maquillada. No llevaba pestañas postizas ni rímel. La piel habitualmente inmaculada y luminosa de su madre ofrecía un aspecto cansado y pálido, y se veían unas finas arrugas alrededor de sus labios que Audrey nunca había percibido antes. Incluso su ropa era diferente. En lugar de un colorido conjunto llamativo, llevaba unos vaqueros gastados, una camiseta de algodón y un jersey de hombre anudado a la cintura. Y en lugar de unos tacones disparatados, iba en deportivas.

Sibella miró a su alrededor con gesto nervioso.

–¿Está contigo Lucien?

–Sí –Audrey señaló en su dirección–. Por ahí. Le ha parecido verte cuando cruzábamos el pueblo.

Sibella tomó la mano de Audrey y tiró de ella hacia la boutique.

–Dile que no me has visto, que solo era alguien parecido a mí. Por favor.

A Audrey le inquietó el tono angustiado y la desesperación que percibió en su mirada.

–¿Pero por qué?

–Harlan y yo queremos estar tranquilos, sin nadie

que nos dé sermones sobre el mal que nos hacemos el uno al otro.

–Pero es verdad –dijo Audrey–. Y yo no puedo quedarme parada y ver cómo volvéis a destrozaros.

Una mujer madura salió de la tienda y pasó de largo sin tan siquiera mirar a su madre. Sibella era famosa en el mundo entero, jamás pasaba desapercibida. Pero lo que fue aún más sorprendente para Audrey fue comprobar que su madre parecía aliviada de que nadie la mirara.

–Por favor, Audrey –su madre le apretó la mano y la miró como un cachorro herido–. Por favor, dame unos días con Harlan. No está… –sus ojos se llenaron de lágrimas–. No está bien.

Audrey sabía que su madre era una gran actriz, pero algo le dijo que no actuaba. Estaba genuinamente angustiada.

–¿Qué le pasa?

Sibella miró de nuevo a su alrededor y llevó a Audrey hacia un callejón.

–Tiene cáncer –declaró con labios temblorosos–. Me lo dijo anoche.

Audrey tragó saliva.

–¿Qué tipo de cáncer?

–Un tumor cerebral –dijo Sibella–. Estoy intentando convencerle de que se opere y siga un tratamiento de quimioterapia. Él se niega porque los médicos le han dicho que el pronóstico no es bueno. Y que puede sufrir un ictus o algo peor. Pero quiero que lo intente, que se dé y nos dé una oportunidad.

Audrey no era médico, pero sabía que la tasa de supervivencia de un tumor cerebral era baja. La cirugía era peligrosa en cualquier circunstancia.

–Oh, mamá, es terrible… ¿Puedo hacer algo?

–Sí –su madre la miró con determinación–. Mantén a Lucien alejado. No le digas que nos has encontrado.

–Pero…

–No estamos en la casa solariega –dijo su madre–. No estaba disponible. Y Harlan decidió que necesitábamos cambiar de aires. Así que estamos en un alojamiento más pequeño y discreto.

–¿No crees que Lucien debería saber que su padre está enfermo?

Sibella apretó los labios.

–Harlan quiere ser él quien se lo diga, pero todavía no. Conozco a Lucien y seguro que intentará convencernos de que no nos casemos. Harlan quiere que yo forme parte de su vida… el tiempo que le quede –Sibella contuvo otro sollozo–. En esta ocasión, celebraremos una ceremonia discreta.

Audrey recordó la lujosa invitación que había encontrado en su piso.

–¿Y por qué has hecho unas invitaciones tan llamativas?

–Las mandé imprimir antes de saber que Harlan estaba enfermo –explicó Sibella–. Aunque lo supo la semana pasada ha esperado a que nos fuéramos de viaje para decírmelo. Por favor, no le digas a Lucien que me has visto. Dile que te he llamado y te he dicho que estamos en alguna otra parte.

–Mamá, sabes que no sé mentir –se quejó Audrey–. ¿Dónde voy a decir que te has ido?

–Da lo mismo. Donde sea.

–No entiendo por qué habéis venido aquí. Lucien sabe que es uno de los sitios favoritos de su padre. ¿A Harlan no se le ha ocurrido que vendría a buscarlo?

Sibella suspiró y las arrugas en torno a sus labios se intensificaron.

–Ha preferido correr ese riesgo porque sabe que adoro este pueblo –Sibella se secó las lágrimas que humedecían sus ojos–. Supongo que teme que estas sean nuestras últimas vacaciones juntos. Y aquí es donde hemos sido más felices.

El teléfono de Audrey vibró, sobresaltándola.

–Será Lucien –leyó en alto–: «¿Dónde estás?».

–Por favor, cariño –le rogó Sibella–. Danos tres días a Harlan y a mí.

Que la llamara «cariño» fue lo que acabó por vencer las dudas de Audrey. No usaba el apelativo cariñoso desde que era pequeña. No quería mentir a Lucien, pero no sabía qué otra cosa podía hacer. Harlan tenía derecho a ser él quien le diera la noticia.

Saber que estaba enfermo lo cambiaba todo. ¿Qué más daba que su madre se casara de nuevo con él? Al menos así moriría feliz.

–Vale, pero no creas que me gusta…

–Ahora mismo te mando un mensaje mencionando otro sitio y así podrás enseñárselo a Lucien –Sibella dejó la bolsa en el suelo y escribió rápidamente.

En cuestión de segundos, el teléfono de Audrey vibró.

Audrey lo leyó y dijo:

–Vale, pero sigue incomodándome la idea de mentir a Lucien.

–¿Por qué? Ni siquiera te cae bien.

El problema era que a Audrey le gustaba Lucien demasiado y que cuanto más tiempo pasaba con él, más le gustaba. No conseguía olvidar su beso, y du-

daba de que alguna vez se le pasaran las ganas de repetirlo. Miró a su madre enojada.

–Por cierto, ¿en qué estabas pensando haciendo creer a todo el mundo que había algo entre nosotros?

Su madre tuvo la decencia de parecer avergonzada.

–Sabía que te molestaría, pero Harlan temía que Lucien se declarara a ese palo de modelo. Aunque es la mujer con la que ha salido más tiempo, Harlan está seguro de que no la ama. Por lo visto, Lucien no cree en el amor. Supongo que no entiende que su padre se haya enamorado de mí tantas veces.

–¿Por qué me has mandado la pista falsa de la casa de campo?

–Puede que la venda y pensé que podía ser la última vez que fueras. Recuerdo que te encantaba.

Audrey oyó su teléfono de nuevo y dijo:

–Será mejor que me vaya o Lucien va a sospechar algo –escribió un mensaje diciendo que estaba en un baño público. Guardó el teléfono y dijo a su madre–: Solo tres días, ¿vale?

Sibella la abrazó con fuerza, tal y como solía hacer cuando era pequeña.

–Gracias, cariño –se separó con lágrimas en los ojos–. Queremos ocultar la noticia a la prensa tanto como sea posible. Y quiero convencerle de que se opere y se someta a quimioterapia. Pero, entretanto, estoy cocinando saludablemente y manteniéndolo alejado del alcohol.

Audrey dirigió la mirada a la verdura que asomaba de la bolsa y se preguntó si no llevaría escondida una botella.

–¿Y tú…?

–No, yo tampoco estoy bebiendo. He decidido

dejarlo, al menos hasta que Harlan mejore… si es que mejora.

Audrey esperó a que su madre desapareciera de la vista antes de volver a la zona del mercado. Casi al instante vio a Lucien y le dio un vuelco el corazón. Aunque no fuera actriz, confiaba en poder hacer bien su papel.

–¿Dónde demonios estabas? –preguntó Lucien–. Empezaba a preocuparme –enfocó la mirada en un punto de su cara–. ¿Eso es chocolate?

Audrey se pasó la mano por la mejilla y el dedo se le manchó de chocolate.

–He comido un cruasán –dijo, ruborizándose.

–¿Estaba bueno?

Aunque mantenía el gesto impasible, Audrey tuvo la sensación de que Lucien se reía por dentro.

–Delicioso.

–¿Has visto a tu madre?

Audrey sacó el teléfono del bolso.

–No, pero he recibido un mensaje diciendo que están en España.

Lucien frunció el ceño.

–¿En España?

–Sí. Mira –Audrey le enseñó el teléfono–: *Pasándolo en grande en Barcelona.*

–Mi padre detesta España, especialmente Barcelona.

A Audrey se le hizo un nudo en el estómago.

–¿De-de verdad?

–Tuvo una mala experiencia con el dueño de un local y juró no volver.

–Puede que haya cambiado de opinión –se apresuró a decir Audrey.

–Lo dudo. Yo creo que es otra pista falsa –Lucien miró a su alrededor, protegiéndose los ojos del sol con una mano–. Suena a brujería, pero casi percibo su presencia.

Audrey temió desmayarse, y pensó que podía fingir hacerlo. Se llevó la mano a la frente y se balanceó levemente.

–¡Qué calor! ¿Podemos volver al coche?

Lucien le tomó la mano y entrelazó su brazo con el de él.

–¿Te encuentras bien? Estás un poco sofocada. Vayamos a tomar algo. Puede que estés deshidratada.

Un poco más tarde estaban sentados en un café y Audrey se preguntaba cómo conseguiría convencer a Lucien de dejar San Remy sin que sospechara nada. Pero le había prometido a su madre que le daría tres días y pensaba cumplir su promesa. ¿Dónde se alojarían? Quizá en alguna de las casas que rodeaban la plaza en la que se encontraban en aquel mismo momento. Miró disimuladamente a su alrededor.

–¿Qué tal estás? –preguntó Lucien.

–Mejor, gracias –Audrey terminó su bebida y sonrió–. ¿Nos vamos?

Lucien la ayudó a levantarse.

–¿Te animas a dar un paseo por la sombra?

Audrey se debatió entre el deseo de explorar el pueblo y la necesidad de sacar a Lucien de allí.

–¿No quieres que nos acerquemos a la casa? –por lo menos tenía la certeza de que no estaban allí.

–No están allí.

Audrey empezaba a pensar que Lucien tenía poderes psíquicos.

–¿Cómo lo sabes? Aparte de por el mensaje de mi madre, claro.

–He preguntado en uno de los puestos y me han dicho que está en obras.

–¿Y por qué el dueño estuvo tan misterioso el otro día?

Lucien se encogió de hombros.

–Tal vez pensó que era un inspector de urbanismo del ayuntamiento.

Lucien guio a Audrey por las calles más frescas. Era el pueblo favorito de su padre, en el que se había refugiado tras su último divorcio. Le parecía imposible que hubiera cambiado de opinión respecto a Barcelona. A pesar del mensaje de Sibella, no lograba librarse de la sensación de que su padre estaba cerca, así que pasaría el resto del fin de semana en San Remy con Audrey.

Entraron en algunas tiendas para que Audrey no se acalorara, y a Lucien le gustó el entusiasmo que mostraba por todo: la arquitectura medieval, las cestas con flores colgando de las farolas, los cafés, y, por supuesto, la comida. Para no encontrarse bien, era curioso que su apetito no se viera afectado. A Lucien le había hecho gracia que le gustara tanto la comida y que se hubiera tomado un cruasán de chocolate a escondidas. Todas las mujeres con las que salía estaban siempre a dieta.

Pero estaba claro que Audrey adoraba la comida y él no pudo evitar preguntarse si sería tan apasionada

respecto a otros apetitos. Había saboreado esa misma pasión en su beso; lo había percibido en el temblor de sus labios. ¿Estaría también ella pensando en el beso? Cada vez que la miraba, ella desviaba la vista y se mordía el labio inferior. ¿Le estaría resultando tan difícil como a él evitar pensar en ello?

–Será mejor que busquemos alojamiento –comentó cuando salieron de una tienda de artesanía.

Audrey lo miró alarmada.

–¿Aquí? ¿En San Remy?

–Claro, quiero quedarme el resto del fin de semana por si…

–¿Pe-pero por qué? –preguntó Audrey desencajada–. Ne-necesito volver a Londres.

–No te preocupes, reservaré habitaciones separadas. Tu virtud está a salvo conmigo.

–Desde luego –dijo Audrey en un tono que Lucien no supo identificar–. Tú nunca te rebajarías a acostarte conmigo.

–Tenemos que hacer algo para mejorar tu autoestima –Lucien se aproximó a ella y le retiró un mechón de cabello de la cara–. ¿De verdad crees que no me gustas?

Era una admisión peligrosa, pero no pudo contenerse. La deseaba intensamente por más que intentara recordarse todos los motivos por los que no debía acostarse con ella. Por un tiempo le había servido, pero ya nada podía contener el ardiente deseo que lo recorría. Había luchado contra esa atracción, pero había sido vencido.

Audrey se humedeció los labios.

–¿Quieres acostarte conmigo? Pero si has dicho que…

Lucien le pasó el pulgar por el labio inferior.

–Olvida lo que he dicho. Somos dos adultos libres.

«¿Qué demonios estás haciendo?».

Pero Lucien no quería prestar atención a la voz de su conciencia. Estaba actuando por instinto, e interpretando las señales que le indicaban que Audrey le deseaba tanto como él a ella.

El labio de Audrey tembló bajo su dedo y las manos de ella se elevaron a su pecho.

–Pero has dicho que si tuviéramos una relación estaríamos animando a nuestros padres.

–No te estoy pidiendo en matrimonio –dijo Lucien–. Solo una aventura para explorar la química que hay entre nosotros.

Audrey le miró los labios y tragó.

–¿Tú también la notas?

Lucien le tomó una mano y, sin apartar la mirada de sus ojos, se la llevó a los labios.

–Todo el tiempo.

Audrey entró en la lujosa villa donde Lucien había alquilado una suite para el fin de semana con el cuerpo temblando en anticipación de lo que estaba por llegar. Lucien la deseaba. Iban a pasar el fin de semana juntos como amantes.

Pero su mente enarbolaba continuamente banderas de pánico. Seguían en San Remy y le había prometido a su madre que se irían. ¿Y si se encontraban con ella y con Harlan?

Se sentía como si tuviera que elegir entre sus dos postres favoritos. Y decidió tomarse los dos.

Pasaría el fin de semana con Lucien y evitaría que

saliera al exterior manteniéndolo ocupado en largas sesiones de sexo apasionado… Que ella no tuviera ninguna experiencia podía ser un obstáculo, pero Lucien no tenía por qué enterarse.

Él la guio hacia el interior y Audrey dejó escapar una exclamación y giró sobre sí misma para verlo todo. La decoración era sencilla pero elegante y acorde con los orígenes medievales del edificio. Lámparas de cristal con brazos de bronce, tonos sobrios, blancos y grises, alfombras persas sobre el suelo de embaldosado, mobiliario elegante y sofisticado, típicamente francés.

Audrey fue hacia la ventana para contemplar el laberinto de calles del pueblo y las villas vecinas. Había cestas de flores colgando de ganchos de hierro que parecían llevar allí siglos; pelargonios de un vívido rojo flanqueaban las calles adoquinadas.

Se volvió hacia Lucien sonriendo y exclamó:

—¡Qué preciosidad! Podría quedarme un mes entero.

La mirada ardiente y la sonrisa insinuante de Lucien hizo que Audrey sintiera mariposas en el estómago.

—Ven aquí.

La orden hizo estremecer a Audrey. ¿Debía decirle que era virgen? No. Le haría pensar que era un bicho raro o una moralista.

—¿Te importa que me duche? Estoy…

—Duchémonos juntos.

Audrey no había dejado que nadie la viera desnuda desde los doce años. Cuando hicieran el amor, confiaba en poder taparse parcialmente con la sábana.

—¿Te importa si primero me la doy yo sola?

Lucien se aproximó y le acarició la mejilla.

—¿Estás segura de que quieres que nos acostemos, Audrey?

—Claro que sí —dijo ella, disimulando su inquietud—. Es solo que… tengo algunos complejos respecto a mi cuerpo…

Lucien deslizó sus dedos por el cuello de Audrey, hacia su clavícula y finalmente, su canalillo. La piel de Audrey era tan sensible al tacto de Lucien que creyó poder sentir cada huella de sus dedos. Músculos internos que desconocía poseer se activaron, estremeciéndola y sacudiéndola.

—No seas tímida conmigo —susurró él con voz ronca. Siguió el recorrido de sus dedos por encima de uno de los senos de Audrey, que lo sintió como si estuviera desnuda—. Eres preciosa y sexy, y te deseo con locura.

—Y yo a ti —susurró ella.

Lucien inclinó la cabeza y le dio un beso apasionado que la hizo sentir en la gloria. Los labios de él se movieron contra los de ella con una suavidad y delicadeza que hizo que sus labios se abrieran como una flor. Su lengua se entrelazó con la de ella en una danza erótica que le puso la carne de gallina. Lucien la atrajo hacia sí, estrechándola contra el calor de su cuerpo, haciendo que se humedecieran las partes más íntimas del de ella. Los labios de Lucien continuaron ejerciendo su poder mágico al tiempo que sus manos le asían y amasaban las nalgas, sujetándola con firmeza contra su creciente erección hasta que Audrey gimió y respiró entrecortadamente.

Lucien alzó la cabeza y comenzó a desabrocharle la blusa sin apartar de ella una mirada tan cargada de

sensualidad que Audrey sintió su núcleo contraerse. El roce de sus dedos sobre su piel desnuda al quitarle la blusa le erizó el vello. Lucien dejó caer la camisa y le cubrió los senos con las manos por encima del sujetador.

–¡Qué preciosidad! –musitó él, frotándole los pezones con los pulgares en un movimiento reiterado que electrizó el cuerpo de Audrey.

Entonces ella empezó a desabrocharle a él la camisa, dejando al descubierto su piel tostada, cubierta por un fino vello que Audrey encontró extremadamente sexy al sentir su roce en los dedos. Acercó sus labios a la poderosa columna de su cuello y le pasó la lengua por la nuez; su barba incipiente le raspó la lengua como papel de lija. El aroma cítrico de su loción de afeitar le excitó los sentidos como si hubiera inhalado una droga psicodélica. Un principio de sudor masculino en la piel de Lucien le resultó igualmente embriagador, despertando en ella el deseo de probar cada milímetro de él, tal y como había fantaseado hacer tantas veces.

Lucien alargó las manos hacia la espalda de Audrey, le desabrochó el sujetador y lo dejó caer al suelo. Audrey combatió el impulso de cubrirse y dejó que Lucien contemplara sus senos. Entonces él se los tocó reverencialmente, con adoración. Audrey nunca había sentido nada parecido. Nadie antes la había tocado así; y la sensación fue tan maravillosa que se quedó sin aliento. Lucien inclinó la cabeza y le pasó la lengua por las curvas de sus senos lenta y deliberadamente, hasta que cada terminación nerviosa de Audrey se activó. Lucien atrapó cada pezón entre sus labios, succionándolos suavemente, mor-

disqueándolos con una delicadeza que hizo que le temblaran las piernas. Lucien dibujó círculos en torno a cada pezón como si fuera un territorio que quisiera marcar como suyo y un estremecimiento le recorrió la columna vertebral a Audrey.

Audrey estaba tan excitada que apenas podía tenerse en pie. Tiró de la cintura del vaquero de Lucien y le soltó los primeros botones. Su liso abdomen se contrajo bajo sus dedos y animó a Audrey a continuar hacia abajo. Su vello masculino le hizo cosquillas en los dedos al tiempo que Lucien inspiraba el aliento sonoramente y la sujetaba con fuerza por la cintura. Exhaló lentamente como si intentara mantener el control de sí mismo. Bajó la cremallera de la parte de atrás de la falda de Audrey y la prenda cayó al suelo, dejándola desnuda excepto por las bragas.

–¿Tienes idea de cuánto te deseo? –musitó él contra sus labios.

Audrey pasó la lengua por los labios de Lucien, sorprendiéndose a sí misma con su osadía, pero también deleitándose con el poder femenino que le producía sentirse deseada tan apasionadamente. La poderosa erección de Lucien le presionaba el vientre a unos centímetros de allí donde su cuerpo anhelaba sentirlo.

–Lo noto –susurró. Y le pasó la lengua por el labio inferior con una lentitud premeditada que arrancó un gemido de Lucien antes de que atrapara su boca vorazmente.

Deslizó las manos a sus caderas y le bajó las bragas; luego la empujó hacia atrás hasta la pared más próxima y colocando las manos a ambos lados de su cabeza devoró su boca. Su actitud dominante des-

pertó algo primario en Audrey. Cuando Lucien alzó la cabeza para tomar aire, ella le mordisqueó el hombro juguetonamente, tirándole de la piel y luego lamiéndosela.

Lucien dejó escapar un gruñido de placer y se separó levemente para quitarse los pantalones y sacar un preservativo del bolsillo. Se movió precipitadamente, ansioso, reflejando la misma urgencia que Audrey podía sentir recorriéndole el cuerpo.

Lucien se puso el preservativo y Audrey lo miró enfebrecida, maravillándose de que fuera ella quien le hacía sentirse tan excitado. Lo acarició con la mano, instintivamente. Nada de lo que había leído al respecto en las revistas femeninas podía compararse con hacerlo de verdad. Aun a través de la fina capa del preservativo, la sensación era increíble, como si acariciara acero envuelto en terciopelo. Lucien se estremeció y emitió un nuevo gemido antes de empujarla suavemente contra la pared.

Entonces deslizó la mano por el vientre de Audrey y más abajo. Audrey contuvo el aliento cuando alcanzó sus pliegues; las sensaciones se multiplicaron al sentir uno de sus dedos dentro de ella.

–Oh, Dios… Es maravilloso… –se asió a los hombros de Lucien–. Hazme el amor. Por favor. Ahora.

Lucien le levantó una pierna, la subió a su cadera y la penetró con un violento empuje que hizo que Audrey se golpeara la cabeza con la pared.

–¡Ay!

Lucien se detuvo y la miró preocupado.

–¿Voy demasiado deprisa? Estás tan húmeda que pensaba que…

Audrey intentó relajar la pelvis, pero no lo consi-

guió porque sentía la invasión de Lucien como una presencia extraña, como si no tuviera espacio para contenerlo.

–No te has precipitado… Es que eres tan… grande.

Lucien le retiró el cabello de la cara con delicadeza y la miró fijamente.

–¿Estás segura de que quieres seguir?

–Claro que sí –Audrey sintió que le ardían las mejillas–. Solo es que hace un tiempo que no practico.

Lucien le pasó el pulgar por el labio inferior.

–Iré más despacio. Y puede que la cama sea mejor que la pared –empezó a salirse de ella y al ver la mueca de dolor de Audrey, preguntó–: ¿Te he hecho daño?

Audrey se mordió el labio inferior.

–Solo un poco.

Una sombra pasó por el rostro de Lucien, como si estuviera barajando una idea que no le gustara.

–¿Cuánto hace que no tienes sexo?

Audrey tragó saliva.

–Ha-hace un tiempo –balbuceó.

–¿Cuánto? –Lucien la miró como si interrogara a un sospechoso.

–¿Qué más da? –Audrey intentó sonar animada, pero no lo logró. Sus dotes interpretativas eran nefastas.

Algo parecido al terror cruzó el rostro de Lucien al tiempo que tragaba saliva convulsivamente.

–¡Dios mío! –se separó de Audrey, que se sintió más desnuda y expuesta que en toda su vida.

Además de vulnerable.

–¿Eres… virgen?

Lucien lo preguntó como si se tratara de una enfermedad para la que no hubiera cura.

Audrey se cubrió los senos.

–No, ya no Aunque… no sé si lo que acabamos de hacer cuenta.

Lucien abrió la boca, pero no consiguió emitir palabra. Se pasó una mano por el cabello como si quisiera borrar de su memoria los últimos minutos. Dio media vuelta, se quitó el preservativo y se puso los vaqueros bruscamente. Luego se volvió de nuevo hacia ella y parpadeó como si le cegara una luz.

–Perdona… –se agachó para recoger la ropa de Audrey, pero finalmente le pasó su camisa.

Audrey se la puso y se la cruzó por delante porque los dedos le temblaban demasiado como para abotonarla.

–Gracias.

–Audrey… –dijo él con voz ronca–. ¿Por qué no me lo has dicho?

–Porque sabía que, si lo hacía, no querrías hacerme el amor y te habrías puesto moralista.

«Y porque te habría parecido un bicho raro».

–¿No pensabas que debía saberlo? Te he hecho daño, Audrey.

–No –Audrey no podía sostenerle la mirada–. Bueno, solo un poco.

Lucien maldijo entre dientes y recorrió la sala arriba y abajo. De pronto se detuvo, fue hasta ella y la tomó delicadamente por los brazos.

–No sabes cuánto lo siento.

–No deberías –dijo Audrey–. Quería que me hicieras el amor. Si no, no habría llegado tan lejos. Pero no quería que pensaras que hay algo defectuoso en mí porque sigo siendo virgen a los veinticinco años.

Lucien le acarició los brazos y la miró con ternura.

–¿Quieres que hablemos de ello?

–No sabría por dónde empezar. Tenía dieciséis años la primera vez que tuve una cita con un chico que me gustaba. Al poco rato me pidió que le presentara a mi madre. Resulta que quería ser actor y pensó que podría utilizarme para conocerla. Me sentí humillada. Les contó a todos sus amigos lo decepcionante que había sido yo en la cama, y ni siquiera nos habíamos acostado. Solo nos dimos un beso. Y no besaba particularmente bien.

Lucien frunció el ceño.

–Menudo idiota. ¿Hablaste con alguien de ello? ¿Con tu madre? ¿Con una amiga?

Audrey hizo una mueca.

–Me dio demasiada vergüenza contárselo a mi madre. Los hombres prácticamente se derriten al verla. ¿Cómo podría competir con ella?

–¡Cariño…! –Lucien le presionó los brazos con afecto–. No tienes que competir. Tú estás en una liga propia. Eres divertida y lista, y tan mona que solo puedo pensar en toquetearte.

–Mona –Audrey suspiró–. Los cachorros y los gatitos son monos.

Lucien le levantó la barbilla con el dedo y la miró fijamente.

–No me refiero a ese tipo de «mona», sino al que solo me hace pensar en ir a la cama más próxima para hacerte el amor.

Audrey lo miró a los ojos y sintió un nudo deshacerse en su estómago.

–¿Lo dices en serio?

Lucien titubeó como si evaluara los pros y los contras de algo.

–Claro que sí. Pero me preocupa que quieras algo más de mí, una relación permanente. Y no quiero inducirte a error.

–Pero yo no quiero nada permanente –dijo Audrey–. No quiero casarme. Los matrimonios de mi madre me han hecho aborrecer la idea de «en la salud y en la enfermedad hasta que la muerte…» y todo eso –Audrey se quedó callada al recordar a su madre y a Harlan. Siempre había pensado que su amor por él era obsesivo y egoísta, que solo se preocupaba de sí misma y no de Harlan. Pero tras verla tan angustiada ante la perspectiva de perderlo, se dio cuenta de que el amor de su madre se había convertido en algo admirable y digno de ser emulado.

Algo a lo que aspirar y desear para sí misma.

Lucien la escrutó con la mirada.

–¿Estás segura?

Aunque no lo estaba, Audrey no pensaba admitirlo. Poniéndose de puntillas se abrazó a su cuello.

–No quiero una alianza, Lucien. Pero quiero que me hagas el amor.

Lucien posó las manos en su trasero y la apretó contra su caliente erección.

–Hace un par de días tenía un sinfín de razones por las que hacer el amor contigo era una mala idea.

–¿Y ahora?

Con ojos brillantes, Lucien aproximó sus labios a los de ella y susurró:

–No puedo pensar en otra cosa –dijo.

Y la besó.

Capítulo 7

AUDREY suspiró cuando Lucien atrapó sus labios en un beso con el que le comunicó algo más allá del deseo, que ella no supo definir. Había en él pasión, pero también ternura, como si se entregara a una lenta exploración de su boca que hizo cantar a sus sentidos. Sus manos le tomaron el rostro, ladeándole la cabeza para profundizar el beso con caricias y golpecitos de su lengua que hicieron estremecerse y temblar a Audrey. Emitiendo pequeños gemidos de placer, ella alzó las manos a su cabello, deseándolo con la voracidad de un fuego descontrolado. Sentía los senos endurecidos y tensos donde se apretaban contra el pecho de él, los muslos cargados de deseo al rozarse con los de Lucien.

Él alzó la cabeza y fue a tomarla en brazos, pero Audrey lo detuvo.

–No. Peso demasiado. Te vas a hacer daño.

–No seas boba.

La levantó como si fuera una pluma y, tras llevarla al dormitorio, la dejó lentamente en el suelo deslizándola a lo largo de su cuerpo. Luego le retiró el cabello de la cara, le rodeó la cintura con los brazos y pegó sus caderas a las de ella para hacerle sentir su erección.

–¿Sigues estando segura?

Audrey le acarició la mejilla y dijo:

–Nunca he estado tan segura de nada.

Lucien le quitó la camisa y le cubrió los senos con las manos, haciendo rodar los pulgares sobre sus pezones con una exquisita delicadeza. Entonces inclinó la cabeza y pasó la lengua por ellos. Audrey no sabía que sus pechos pudieran ser tan sensibles. No tenía ni idea de que pudieran activar las partes más profundas de su cuerpo al trasmitirse por una red de terminaciones nerviosas que iban activando el placer en su recorrido. Entonces Lucien continuó el asalto a sus sentidos succionándole los pezones alternativamente. Audrey gimió; sentía un fuego ardiente entre las piernas y un vacío en el vientre.

Lucien la echó en la cama y retrocedió. Por un instante, Audrey temió que se hubiera arrepentido, pero él dijo:

–Espera un segundo. Tengo que ponerme un preservativo.

–Creía que habías cambiado de idea –dijo ella.

Lucien la besó, y acariciándole la mejilla, declaró:

–Si fuera un hombre mejor, quizá lo haría.

–Eres un buen hombre –replicó ella con voz ronca–. Si no, no querría que me hicieras el amor.

Lucien le dio otro beso y fue en busca del preservativo. Cuando volvió, Audrey no pudo apartar la mirada de la varonil forma de su cuerpo excitado, y sintió un estremecimiento de anticipación. Lucien se echó a su lado y deslizó la mano lentamente por el costado del cuerpo de Audrey. Luego hizo un recorrido con sus labios desde su cuello hacia sus senos, su estómago y más abajo.

Audrey se tensó y le asió los brazos.

–No estoy segura de…

–Relájate, cariño –dijo Lucien–. Esta es la mejor forma de darte placer sin hacerte daño.

–¿Pero no quieres…?

Lucien posó la mano sobre su pubis.

–Quiero proporcionarte placer y que estés cómoda. Ahora mismo esa es mi prioridad –hizo una breve pausa y añadió–: A no ser que no te guste que te toque.

Audrey anhelaba sus caricias; estaba húmeda y expectante.

–Claro que me gusta.

–Lo haré con cuidado, pero debes decirme si algo no te agrada. ¿Lo prometes?

–Lo prometo.

Lucien le pasó los dedos con delicadeza por el sexo. Luego le separó los pliegues y repitió la caricia, dándole tiempo a acostumbrarse. Audrey se estremeció, asombrada con lo maravilloso que era que la tocara alguien que no fuera ella misma. Lucien continuó la exploración, moviendo los dedos a velocidades cambiantes, y el placer de Audrey se intensificó, acumulándose, concentrándose, llegando a un punto en el que solo necesitaba un pequeño empujón.

Lucien la acarició entonces con su lengua y Audrey contuvo el aliento. Lucien continuó con sus caricias, acelerando el ritmo y la presión hasta que Audrey se sintió lanzada a un mundo deslumbrante donde los pensamientos desaparecían y solo existía el éxtasis físico. Oleadas de pulsante placer atravesaron su cuerpo, en una espiral que arrancaba del nú-

cleo endurecido de su sexo. Gimió y gritó y asió las sábanas para anclarse, pero el orgasmo no había concluido. Lucien continuó acariciándola hasta arrastrarla a otro clímax, uno aún más largo y violento.

Esperó a que Audrey se aquietara con un profundo suspiro y, sonriendo, le pasó la mano por el lateral del muslo.

–Espero que haya sido tan bueno como ha sonado –bromeó.

–Aún mejor –Audrey le tocó la mejilla con gesto de asombro–. Ha sido increíble. Nunca había sentido nada parecido cuando me… –se ruborizó y bajó la mirada.

Lucien le tomó la barbilla para que lo mirara.

–¿Por qué te avergüenzas de tocarte? Es la mejor manera de conocer tu propio cuerpo.

–Lo sé, pero sigue habiendo una doble moral respecto al sexo –dijo Audrey–. A las mujeres les cuesta expresar su deseo sexual y no sentirse culpables respecto a dar y recibir placer.

Lucien describió un lento círculo alrededor de uno de sus pezones.

–¿Qué quieres ahora?

Audrey le tomó la cara entre las manos.

–Quiero que me hagas el amor. Te quiero dentro de mí.

Lucien frunció el ceño.

–¿Y si te hago daño?

–Ahora que estoy más relajada no me dolerá –dijo Audrey–. Quiero sentirte en mi interior. Quiero darte placer, no solo recibirlo.

Lucien le dio un beso lento y prolongado que volvió a encender el deseo de Audrey. Su lengua

bailó con la de ella una danza erótica. Dejó sus labios y bajó a sus senos, a sus costillas y su estómago, antes de volver a sus labios.

Se puso el preservativo y le separó los muslos con suavidad. Deteniéndose a su entrada y mirándola con expresión velada, preguntó:

–¿Seguro que estás lista?

Audrey se asió a sus hombros.

–Tú me has preparado.

Lucien pareció vacilar, pero luego sonrió y agachó la cabeza para besarla. Entonces comenzó a penetrarla lentamente, deteniéndose y continuando hasta asegurarse de que podía acomodarlo sin que le doliera. Inicialmente a Audrey le resultó incómodo; pero lo que sentía no era tanto dolor como una intensa presión. Sin embargo, también esta fue mitigándose y pronto su cuerpo se amoldó al de él, y aunque no fuera tan maravilloso como sentir sus dedos, por fin se liberó de la sensación de vacío interior. Entonces Lucien empezó a mecerse y las sensaciones se intensificaron a la vez que Audrey sentía una creciente ansiedad, un hormigueo que le hizo anhelar un mayor contacto, una fricción más intensa.

Jadeante, empezó a moverse bajo Lucien, buscando el punto de contacto que la impulsara más allá. Justo cuando pensó que no podría aguantarlo más, Lucien metió la mano entre sus cuerpos y la acarició hasta que Audrey estalló en un orgasmo que le erizó cada poro del cuero cabelludo y la lanzó a un torbellino de sensaciones que no había experimentado jamás.

Lucien esperó a que la recorrieran las últimas

contracciones antes de dejarse arrastrar por su propio placer. Audrey lo abrazó con fuerza mientras él la embestía una y otra vez, hasta tensarse y dejarse ir con una sucesión de embates que provocaron un eco de contracciones en Audrey.

Ella permaneció en un delicioso estupor mientras su cuerpo iba cayendo en un letargo parecido a la calma tras una tormenta. Se sentía renacida, vivificada. Y supo que su vida había cambiado para siempre.

Lucien se incorporó sobre un codo para mirarla.

–¿Te arrepientes?

–En absoluto –Audrey le pasó los dedos por los labios–. Ha sido increíble. Has sido maravillosamente delicado.

–Tú sí que eres maravillosa. Y, si no fuera porque es tu primera vez, sugeriría que volviéramos a hacerlo –dijo él. Y rodó hasta sentarse para quitarse el preservativo.

Audrey le acarició la espalda, tocando cada una de sus vértebras.

–¿Crees que es el sexo lo que hace que tu padre y mi madre vuelvan a estar juntos?

Lucien giró la cabeza para mirarla y se encogió de hombros.

–Puede. Pero el matrimonio debe basarse en algo más que el sexo –se levantó y tendió una mano a Audrey con una mirada chispeante–. ¿No has dicho antes que querías darte una ducha?

Audrey le tomó la mano y él la ayudó a levantarse.

–No sabía que te preocupara tanto ahorrar agua –dijo con una sonrisa tímida.

Lucien sonrió a su vez.

–Ahora mismo, me interesa muchísimo.

Lucien no lograba librarse de un leve sentimiento de culpabilidad mientras llevaba a Audrey a la ducha. Había pensado que acostarse con ella liberaría algo de la tensión sexual que había entre ellos, pero al descubrir que era virgen se había quedado atónito. Y aunque había querido enfadarse con ella por ocultárselo, la comprendía. De haberlo sabido, no le habría hecho el amor. Nunca se había acostado con una virgen. Alguna de sus amantes solo había practicado el sexo un par de veces, pero ninguna había compartido con él su primera vez. Y no estaba seguro de qué sentía al respecto. ¿No era un tanto anticuado que una mujer preservara su virginidad como si fuera un premio para el hombre que la desvirgara? Y sin embargo, no podía negar que el hecho de que Audrey hubiera confiado así en él lo había conmovido.

Esperó a que el agua se calentara antes de meterse con Audrey bajo la ducha. Le bastó aquella proximidad para endurecerse. Le costaba creer que hubiera aguantado tanto sin hacerle el amor. La timidez que ella mostraba respecto a su cuerpo le obligaba a demostrarle hasta qué punto sus curvas le resultaban atractivas y exacerbaban su deseo, azuzando su libido hasta hacerlo enloquecer. Él, que se enorgullecía de su dominio de sí mismo, que se vanagloriaba de no dejarse llevar por su apetito sexual, que resolvía sus necesidades sexuales sin explotar ni herir a sus compañeras, se sentía como un pelele ante Audrey. A su lado, bajo la ducha, le bastaba con acari-

ciar sus senos y las curvas de sus caderas para sentir un pulsante bombeo en su sexo.

Inclinó la cabeza para besarla mientras el agua caía sensualmente sobre ellos. Ella se abrazó a su cuello, sus pezones se clavaron en su torso. Él la asió por las nalgas y la presionó contra su palpitante miembro. Audrey dibujó círculos con las caderas logrando que casi perdiera el control. Lucien sabía que deberían estar buscando a su padre y a Sibella, y sin embargo estaba en la ducha con Audrey y todo lo que quería hacer era perderse en su cálida y húmeda cueva para volver a alcanzar un clímax tan extraordinario como el anterior.

Pero tenía que tener en cuenta que Audrey estaría dolorida y no pensaba poner sus necesidades por delante del bienestar de ella. Aquella no era una relación de tantas. Había entrado en un territorio desconocido; por primera vez no estaba seguro de cómo manejar la situación. Audrey no era una mujer a la que pudiera no volver a ver, ni aun si sus padres se casaran y se volvieran a divorciar. Había entre ellos una conexión que no se rompería tan fácilmente.

–¿Lucien? –Audrey lo sacó de sus reflexiones, arrancándole un gemido al rodearle el sexo con la mano–. Quiero darte placer como tú…

–No tienes que sentirte obligada –dijo Lucien.

–Pero quiero hacerlo –Audrey se arrodilló ante él y siguió acariciándolo–. Avísame si lo hago mal.

Lucien no pudo ni hablar ni pensar. Solo pudo concentrarse en el movimiento tentativo de la lengua de Audrey en el extremo de su sexo antes de que lo tomara en su boca y succionara, primero suavemente y luego con más decisión llevándolo hasta el fondo

de su boca, humedeciéndolo con su cálida saliva. Y Lucien no pudo ejercer el más mínimo control sobre sí mismo. En segundos, estalló en un orgasmo que lo elevó a un lugar que no había alcanzado nunca antes. ¿Sería por no llevar un preservativo? ¿Por la peculiar naturaleza de la relación que había entre ellos?

¿O habría algo más? Algo que no quería examinar con detalle.

Él no quería una relación. No creía que existiera el amor verdadero por mucho que algunas parejas duraran. Si alguna vez se casaba, sería una decisión tomada racionalmente.

Audrey se abrazó a su cuello; sus ojos brillaban con una nueva seguridad en sí misma.

–¿Qué tal lo he hecho para ser una novata?

Lucien le tomó el rostro entre las manos y la besó.

–A la perfección –dijo él. Y volvió a besarla.

Audrey no recordaba haber disfrutado nunca tanto de una ducha. Dar placer a Lucien le había resultado tan… natural.

Pero ya se habían vestido y Lucien acababa de sugerir que salieran a cenar. Y aunque Audrey tenía hambre, sabía que cenar fuera no era solo una cuestión de comer o de estar juntos, y mucho menos de hacer algo romántico. Sino de intentar localizar a su madre y a Harlan.

Esa era la misión de Lucien, no una cena íntima para celebrar que acababan de hacer el amor.

–¿Por qué no pedimos servicio de habitaciones? –sugirió Audrey.

–No tiene sentido –dijo Lucien estirándose los

puños de la camisa–. Ya sabes que a tu madre y a mi padre les gusta salir a cenar. ¿Cómo se llamaba el restaurante que les gustaba tanto? Solían ir a diario.

Aunque lo recordaba, Audrey no pensaba decírselo.

–No lo sé… No consigo recordar los nombres franceses.

Lucien tomó la tarjeta-llave de la habitación y se la guardó en el bolsillo.

–Vamos. Démonos un paseo a ver si lo encontramos. No puede estar lejos.

Audrey tenía que mandarle un mensaje a su madre advirtiéndola.

–¿Puedes esperar un segundo? Tengo que peinarme.

–Estás muy bien así.

–Pero necesito ir al cuarto de baño –Audrey sonrió–. Solo serán unos segundos.

Audrey fue al baño apresuradamente y escribió a su madre. Esperó a que le contestara, pero vio la señal de que el mensaje había llegado pero no había sido leído. Abrió el grifo para que el agua amortiguara el sonido y llamó a Sibella, pero saltó el mensaje de que el móvil estaba apagado o fuera de cobertura.

¿Cómo pensaba que podía dar con ella si apagaba su teléfono?

Lucien llamó a la puerta.

–¿Estás bien?

Audrey abrió la puerta con una amplia sonrisa.

–Perfectamente.

Lucien escrutó su rostro.

–¿Pasa algo?

–Nada en absoluto.

Lucien deslizó los dedos por su mejilla.

–¿Seguro que no estás dolorida?

Audrey supo que, si contestaba afirmativamente, aquella noche no harían el amor. Pero ¿qué otra manera tenía de conseguir que se quedaran en el hotel?

–No… pero no tengo nada de apetito.

Lucien la miró entornando los ojos.

–Está bien. Pero, si no te importa, yo iré a tomar algo. Volveré en una hora.

Audrey entró en pánico. No podía arriesgarse a que Lucien saliera solo.

–Bueno… he cambiado de idea. Tengo un poco de hambre y el aire fresco me sentará bien.

Lucien le tendió la mano y ella se la tomó.

–Muy bien. Por un momento me has preocupado.

–¿Porque no quería comer?

Lucien la miró largamente con gesto inquisitivo.

–¿Estás siendo completamente sincera conmigo, Audrey?

Audrey sintió que se le encogía el estómago.

–¿Respecto a qué?

–Pareces agitada.

–Qué va –replicó Audrey demasiado deprisa como para sonar convincente.

Lucien le tomó ambas manos.

–¿Qué te preocupa, cariño? ¿Que nos vean en público ahora que somos amantes? ¿Te da vergüenza?

Audrey aprovechó el salvavidas que acababa de lanzarle.

–¿Qué vamos a decirle a la gente? Ya sé que mi madre insinuó a la prensa que había algo entre nosotros, pero ahora que es verdad… ¿Cómo vamos a definirlo? Un «rollo» suena un poco vulgar.

Lucien apretó los labios como si acabara de tomar una decisión.

–Diremos que mantenemos una relación.

Audrey suspiró aliviada. No quería que la incluyeran en la lista de relaciones de una noche de Lucien. No quería ser solo un nombre más.

Quería ser especial.

Porque Lucien le hacía sentirse especial. Sus caricias le hacían sentir como si fuera la única mujer a la que hubiera hecho el amor. Para ella era inimaginable hacer el amor con otro hombre después de haberlo hecho con él. Lucien conocía su cuerpo incluso mejor que ella misma. Había despertado en él respuestas que ella no había sabido que fuera capaz de experimentar. Su cuerpo estaba enamorado de él, aunque su mente se negara a explorar esa idea.

¿Sería una locura desear que al cuerpo de él le sucediera lo mismo?

Soplaba una brisa fresca. Él tomó a Audrey por la cintura, y aunque una parte de ella se sentía feliz de ir en compañía de Lucien, otra estaba aterrorizada por la posibilidad de encontrarse con sus padres. Había mirado el teléfono varias veces, pero no tenía respuesta de su madre. Intentó relajarse porque percibió que Lucien la miraba de soslayo.

Había varios restaurantes en la calle del hotel y Audrey sabía que el que le gustaba a su madre y a Harlan estaba solo a un par de calles de distancia. Se detuvo delante de un coqueto local cuyo menú se exhibía en una pizarra exterior.

–Este parece agradable –señaló el cartel–. Aun con mi limitado francés veo que tiene mi postre favorito.

–Hay muchos más en esta zona. ¿No quieres verlos antes de decidir?

–Es que ahora estoy muerta de hambre.

Lucien sacudió la cabeza como si estuviera tratando con una niña a la que no pudiera negar un capricho.

–Está bien. Quedémonos aquí.

Entraron y Lucien pidió una mesa para dos en un francés perfecto. El camarero preguntó si preferían estar junto a la ventana o en un reservado.

–Junto a la ventana –dijo Lucien.

Una vez se sentaron y les llevaron vino, agua y pan recién horneado, Audrey preguntó:

–¿Y si yo hubiera preferido una mesa más apartada?

Lucien la miró.

–No crees que Sibella y mi padre estén aquí, ¿verdad?

Audrey se alegró de que la tenue luz de la sala ocultara el rubor que sintió en las mejillas.

–Para ahora pueden estar en cualquier parte.

–¿Has sabido algo de tu madre desde el último mensaje?

Audrey tuvo que pensar un momento para recordar a qué mensaje se refería.

–No –esperó un segundo antes de añadir–: ¿Por qué tú estás convencido de que sí están aquí?

Lucien bebió de la copa de vino que había pedido y la dejó sobre la mesa con un suspiro.

–Mi padre vino a este pueblo tras su última ruptura, después de que yo consiguiera que se pusiera en pie. De hecho, creo que fue lo que lo salvó: pasear entre gente normal y no como una estrella de rock. Volvió con un aspecto y un ánimo renovados.

Audrey se entretuvo con una miga de pan antes de decir:

–Mi madre también lo pasó fatal –alzó la mirada hacia Lucien–. Realmente fatal.

Lucien la observó con inquietud.

–¿Qué quieres decir?

Audrey exhaló lentamente. ¿Por qué no contarle a Lucien lo que había sufrido por su madre? Él le había contado el proceso de su padre.

–Tomó un par de sobredosis de píldoras mientras se alojaba conmigo. No tantas como para necesitar hospitalización, pero las bastantes como para aterrorizarme.

Lucien la miró con una mezcla de compasión e inquietud.

–Debió de ser terrible para ti. ¿Por qué no insististe en llevarla al hospital?

–Le rogué que me dejara llamar a una ambulancia o llevarla yo misma al hospital, pero se puso histérica porque no quería que sus fans se enteraran, y al final cedí –dijo Audrey–. Por lo menos conseguí que me dejara llamar a un médico, que confirmó que solo había tomado suficientes pastillas como para estar aturdida.

Lucien frunció el ceño.

–Eso fue muy arriesgado. ¿Y si hubiera tomado más píldoras de las que dijo?

–Lo sé. Pero el médico no pareció preocuparse. Y yo me quedé un par de días en casa cuidándola.

–Has dicho que lo intentó dos veces –insistió Lucien–. ¿Cuándo tomó la siguiente?

–En realidad, fueron tres –dijo Audrey–. Una cada semana de las tres que estuvo conmigo.

–¿Y ni tú ni el médico insististeis en llevarla al hospital?

Audrey ignoró el tono de crítica de la pregunta.

–Escucha, lo hice lo mejor que pude. El médico dijo que en el hospital corría el riesgo de ser acosada por sus fans y que estaría más tranquila en casa. Y no quise incumplir la palabra que le había dado, aunque acabe de hacerlo ahora mismo al contártelo. Es la única madre que tengo y no quise arruinar nuestra relación actuando en contra de sus deseos. Las sobredosis fueron un grito de ayuda, y yo se la di hasta que dejó de necesitarla.

–Perdona, no pretendía criticarte.

–¿Te he criticado yo por no haber metido a tu padre en rehabilitación? No, porque sé que es difícil conseguir que un padre haga lo que uno cree que es lo mejor para él. Pero ¿te has planteado si en el fondo estamos en lo cierto?

Lucien la miró desconcertado.

–¿Qué quieres decir?

Audrey lamentó no haber mantenido la boca cerrada.

–No sé… Quizá que si no conseguimos impedir que se casen a lo mejor deberíamos aceptarlo. ¿Quién sabe? Tal vez, si dejamos de censurarlos, esta vez funcione.

–¡No puedes estar hablando en serio!

Audrey se obligó a sostenerle la mirada a Lucien.

–¿Le has dicho alguna vez a tu padre algo positivo sobre mi madre?

Lucien frunció el ceño, como si intentara recordar.

–Creo que no.

–A eso me refiero, yo tampoco recuerdo haber dicho nada bueno de tu padre a mi madre –afirmó

Audrey–. No son malas personas, Lucien. Solo cometen errores. Y cuanto más intentemos separarlos, más se empeñarán en llevarnos la contraria.

La frente de Lucien se frunció como un mapa de isobaras.

–¿Estás diciendo que abandonemos la búsqueda? ¿Que les dejemos seguir adelante y confiemos en que vaya bien? Yo no puedo actuar así. Lo siento, pero no pienso permitir que tu madre lo destroce una tercera vez.

–¿Y si no lo destroza? –preguntó Audrey–. ¿Y si ahora mismo es lo mejor que puede ocurrirle a Harlan?

La expresión de Lucien pasó del ceño fruncido a la suspicacia.

–¿Qué te ha hecho cambiar de idea? Mi padre te cae tan mal como a mí tu madre.

–Eso no es verdad –dijo Audrey–. A mí se me ocurren un montón de cosas buenas sobre tu padre.

–Por ejemplo…

Audrey se mordió el labio inferior.

–Bueno… es un gran músico.

–¿Y?

–Es guapo, o lo era de joven.

–¿Y?

Audrey suspiró.

–Vale, me cuesta hacer una lista, pero he pasado poco tiempo con él. Y no he hecho el menor esfuerzo por conocerlo. Para serte sincera, siempre me ha intimidado un poco.

–¿Por su fama?

–En parte. Y porque siempre he pensado que me comparaba con mi madre –Audrey suspiró de

nuevo–. Cuando nos conocimos me preguntó si era adoptada.

Lucien le tomó la mano.

–Siento que hiriera tus sentimientos. A veces puede ser un cretino. O casi todo el tiempo –acarició los dedos de Audrey–. A mí me ha herido o me ha dejado en la estacada en un sinfín de ocasiones.

–¿Por qué insistes en tener una relación con él si ni siquiera te cae bien?

Lucien dejó escapar una risa seca.

–Lo sé, es extraño. No me cae particularmente bien, pero le quiero porque es mi padre. Parece absurdo, ¿no?

Audrey le apretó la mano.

–En absoluto. Mi madre me pone de los nervios, pero aun así la quiero y haría cualquier cosa por ella. Supongo que porque antes de hacerse famosa fue una buena madre. Mucho mejor que la suya, que la echó de su casa cuando se quedó embarazada de mí.

–¿Siguen sin hablarse?

–Inevitablemente, porque mi abuela murió –dijo Audrey–. Se mató en un accidente de coche antes de que pudieran reconciliarse. Yo creo que eso es lo que la lleva a beber cuando pasa por una crisis –estaba asombrada de todo lo que estaba contando sobre su madre. No había nadie a quien pudiera hablarle de ella sin que tuviera la sensación de estar manchando su nombre. Pero en aquel momento se sentía como si se hubiera quitado un peso de los hombros.

Lucien la miraba con gesto pensativo.

–¡Qué triste! Supongo que nunca me había planteado las circunstancias que habían contribuido a forjar la personalidad de tu madre. Me cayó mal desde el primer momento porque me pareció que

estimulaba la parte más irresponsable de mi padre. Pero puede que él tenga el mismo efecto en ella.

Audrey sonrió con melancolía.

–Una vez leí que quienes se enamoran a primera vista, se enamoran de las heridas emocionales del otro. La relación no suele durar a no ser que se enfrenten a ello y sanen esas heridas.

–Es una idea interesante –comentó Lucien.

–¿Cuál es la tuya?

Lucien frunció el ceño.

–¿Mi qué?

–Tu herida.

Lucien esbozó una sonrisa, pero sus ojos permanecieron apagados.

–¡Vaya, estamos poniéndonos intensos! A ver que piense… Supongo que desconfío de invertir demasiado en una relación porque me han decepcionado demasiadas veces.

–¿Tu padre?

–No exclusivamente –contestó Lucien con un brillo herido en la mirada–. Mi madre también, aunque no fuera culpa suya. Sufrió un aneurisma cerebral. Murió súbitamente.

–Lo siento –dijo Audrey, pensando en el secreto que le estaba ocultando sobre la salud de su padre y cuánto podría herirle sentirse excluido–. ¿Qué hiciste? ¿Te fuiste a vivir con tu padre?

Lucien emitió un sonido entre la risa y el gruñido.

–No, me dio una buena cantidad de dinero para que me alquilara un piso y acabara el colegio. Ni siquiera asistió a su funeral. Estaba de gira y no quiso cancelarla. Cuando acabé la secundaria, me fui a vivir al campus de la universidad.

Audrey no sabía que hubiera sido tan autónomo…
aunque también ella había tenido que serlo forzosa-
mente.

–Tiene gracia que la gente desde fuera piense que
somos afortunados por tener padres famosos y no se
dan cuenta de que pagamos un precio que no com-
pensa.

–¿Cuál es tu herida? –preguntó Lucien.

Audrey se arrepintió de haber dado pie a que se
hicieran confidencias. Le hacía sentirse frágil y de-
pendiente, cuando llevaba años intentando que Lucien tuviera la impresión contraria de ella.

–Supongo que te lo conté el otro día. Me cuesta
decidir si la gente quiere estar conmigo por mí misma
o por mi madre.

Lucien la miró con una ternura que le encogió el
corazón.

–¿Y cómo vas a curar esa herida?

Incapaz de sostenerle la mirada, Audrey observó
el agua de su copa como si las burbujas fueran fasci-
nantes.

–Espero conocer algún día a alguien que me amé
por quien soy.

Se produjo un silencio cargado… como el del público conteniendo el aliento ante la escena crucial de
una obra de teatro

Lucien lo rompió. Con voz ronca, dijo:

–Estoy seguro de que esa persona aparecerá, Audrey.

«Pero no serás tú».

Capítulo 8

LUCIEN prefirió no pensar en qué tipo de hombre se enamoraría de Audrey, no porque no quisiera que encontrara la felicidad, sino porque no quería analizar la incomodidad que le causaba imaginársela con otro.

Con alguien que no fuera él.

Lo cual no tenía ningún sentido puesto que él no quería tener una relación duradera, y menos aún una basada en el amor. Él ni había estado enamorado ni pensaba enamorarse. El amor solo creaba complicaciones cuando las circunstancias se enturbiaban, tal y como inevitablemente sucedía. Él todavía estaba teniendo que resolver los problemas económicos a los que se había visto arrastrado su padre cada vez que supuestamente se había enamorado.

A él le gustaba su vida. Las relaciones eran sencillas cuando los términos estaban claros. Y él siempre se ocupaba de aclararlos. Aunque tenía que admitir que los límites de lo que había entre Audrey y él resultaban borrosos. No concebía pasar un fin de semana con ella y luego olvidarla. Menos aún cuando había sido la primera vez de Audrey. No volver a verla sería una crueldad para ella y para sí mismo, porque nunca había experimentado un sexo tan ex-

cepcional; un sexo físicamente intenso pero con una profundidad emocional que lo había sorprendido.

Audrey no había compartido solo su cuerpo con él. Los dos habían compartido confidencias que habían mantenido en secreto hasta entonces. Habían hablado con la misma intimidad con la que habían hecho el amor. Sin barreras ni muros de contención.

Le había sorprendido que Audrey cambiara de opinión respecto a la boda de su madre con su padre. ¿Se habría cansado de buscarlos cuando ellos querían evitar ser encontrados? También él estaba harto, pero tenía la convicción de que su padre se encontraba cerca. No solía moverse por instinto. Él era un hombre de datos y cifras. Pero desde que habían llegado a San Remy percibía la presencia de su padre, y no pensaba marcharse hasta hacer alguna averiguación que los pusiera tras su pista.

Lucien observó a Audrey comer su *religieuse* de chocolate y al instante sintió el deseo de besar no solo su boca, sino todo su cuerpo. Bastó que pensara en ello para sentir que se endurecía.

Ella alzó la mirada súbitamente y lo encontró observándola. Tomó la servilleta y se limpió los labios, avergonzada.

–Supongo que ahora entiendes por qué no tengo el tipo de mi madre.

Lucien sonrió.

–A mí me gusta tu tipo tal y como es. De hecho, estoy teniendo fantasías obscenas con él ahora mismo.

Audrey se sonrojó y sus ojos brillaron como luces de Navidad.

–¿No querías dar un paseo después de cenar?

A Lucien le inquietaba la facilidad con la que Audrey lo distraía de su misión; y de no ser por su inexperiencia, la habría llevado de inmediato al hotel y le habría hecho el amor repetidamente.

Pero si quería controlarse no era solo por ella, sino por sí mismo. Estaba comportándose como un adolescente enamorado, todo hormonas y ningún sentido común. Y él no tenía intención de ser como su padre, que dejaba un rastro de destrucción a su paso.

—Paseo primero y luego cama —dijo, suavizando sus palabras con una sonrisa.

Audrey puso cara de desilusión.

—Pero si llevamos todo el día en marcha…

Lucien le tomó una mano y se la besó.

—Un paseo corto. Recuerda que estamos aquí por algo.

Audrey desvió la mirada.

—¿Cómo podría olvidarlo? Ya sé que no estás aquí conmigo por gusto. Solo soy un entretenimiento añadido mientras tú consigues impedir la relación entre mi madre y tu padre.

Lucien frunció el ceño por su tono y la obligó a mirarlo tomándola por la barbilla.

—Hasta hoy, también esa era tu misión. Y estoy aquí contigo porque es lo que quiero.

«Porque ahora mismo no concibo estar con ninguna otra mujer».

Audrey hizo un mohín que despertó tal deseo de besarla en Lucien que tuvo que pegar el trasero a la silla para no levantarse.

—¿Lo dices en serio? —susurró ella.

Lucien le acarició la mejilla.

–Tan en serio que me asusta.

Y aún más le asustó verbalizarlo.

Los ojos de Audrey se humedecieron como si fuera a llorar, pero, tras parpadear un par de veces, sonrió.

–Perdona. Sé que es solo una aventura de fin de semana y no pienso ponerme pegajosa ni a mirar las joyerías con cara de cordero degollado, pero por una vez en la vida quiero ser especial para alguien, aunque sea brevemente.

Lucien se llevó su mano una vez más a los labios y, sin apartar la mirada de ella, susurró

–Tú eres especial, cariño –tanto que le costaba recordar por qué aquella relación debía durar lo menos posible–. Increíblemente especial.

–Tú también –Audrey retiró la mano y sonrió con picardía–. Aunque no lo bastante como para que me enamore de ti.

¿Por qué aquel comentario le dolió como un dardo si no quería que Audrey se enamorara de él?

Por primera vez en su vida, en lugar de alivio sintió una extraña sensación de vacío, un agujero en su interior al imaginarse que Audrey le dijera a otro hombre que lo amaba. Él jamás se lo había dicho a otra mujer que no fuera su madre. Y se arrepentía de no habérselo dicho muchas más veces antes de perderla.

Audrey se mordió el labio inferior.

–Perdona, te he ofendido.

Lucien cambió su expresión consternada por una sonrisa de indiferencia.

–¿Por qué habría de estar ofendido?

–No lo sé, pero tenías gesto de enfado y he pensado que te había molestado.

–Es que estaba pensando en mi madre –dijo Lu-

cien–. No conseguía recordar la última vez que le había dicho que la quería antes de que muriera. Hace años que esa idea me perturba.

–Seguro que lo sabía aunque no se lo dijeras –afirmó Audrey–. Se lo demostrarías de distintas maneras.

Lucien sonrió con tristeza.

–Es posible.

Tras un breve silencio, Audrey preguntó:

–¿Le has dicho a tu padre alguna vez que le quieres?

–No.

Lucien solo se había dado cuenta de cuánto le importaba su padre hacía unos años, tras su última ruptura con Sibella, cuando había temido perderlo.

Aun así, no le había dicho que lo quería.

No sabía si era porque estaba enfadado con su padre por haberlos abandonado a su madre y a él, por su temerario estilo de vida, porque no maduraba…

Audrey se estremeció.

–Quizá deberías decírselo… antes de que sea… tarde, o lo que sea.

Lucien suspiró.

–Puede que tengas razón –tamborileó con los dedos sobre el mantel antes de separar su silla de la mesa–. Vamos, señorita. Es hora de marcharnos.

–¿Puedo ir al cuarto de baño primero?

–Claro. Te esperaré fuera.

Audrey entró en el cuarto de baño y miró el teléfono. Su madre todavía no había leído su mensaje, lo que significaba que lo tenía apagado, algo que no hacía jamás. ¿Por qué no le habría preguntado dónde se alojaba con Harlan?

Cuando se encontró con Lucien en la puerta del restaurante, él la recibió con una sonrisa que le aceleró el corazón. Durante la cena habían charlado como una pareja de verdad, compartiendo sus penas y desilusiones como ella jamás, y sospechaba que Lucien tampoco, lo había hecho con nadie.

Pero no eran una pareja. Y eso, hasta hacía unos días, cuando ella no tenía el menor interés en el matrimonio, no habría tenido la menor importancia.

Sin embargo, tras el encuentro con su madre y ver la angustia que la poseía por temor a perder al amor de su vida, Audrey había sufrido una transformación que la aterrorizaba y sorprendía a partes iguales. Se había prometido no enamorarse de Lucien, pero sospechaba que quizá ya había sucedido.

¿No le había abierto ya su corazón tanto literal como figuradamente? Al compartir con él su cuerpo y convertirlo en su primer amante, casi era imposible no enamorarse de él. Lucien había sido tan considerado y cuidadoso... Había antepuesto las necesidades de ella a las de él. Hacía que se sintiera especial. Hasta se lo había dicho... y no parecía mentir.

¿Tener la esperanza de que llegara a amarla era un sueño imposible?

Había refrescado, pero seguía habiendo muchas parejas en la calle. Audrey rezó para no encontrarse con Harlan y su madre, pero puesto que podían ser los últimos días de este, cabía la posibilidad de que se arriesgaran a ser reconocidos y quisieran salir a disfrutar de una cena romántica, o de un paseo por el precioso pueblo.

En la manzana siguiente encontraron el restaurante que frecuentaban en sus visitas a San Remy.

–Es este –dijo Lucien–. Han cambiado el nombre, pero es el mismo local –miró por la ventana hacia el interior.

A Audrey se le aceleró el corazón.

–Nada –dijo Lucien con un suspiro, volviéndose hacia ella.

–Porque están en Barcelona –Audrey odiaba mentirle y cada vez le pesaba más la promesa que le había hecho a su madre de guardarle el secreto.

Por primera vez creyó ver un brillo de duda en la mirada de Lucien.

–Puede ser –Lucien le pasó el brazo por los hombros–. De todas formas, se está haciendo tarde.

Volvieron al hotel en silencio. Audrey estaba mortificada por ocultarle la enfermedad de su padre, especialmente después de que él le hubiera contado cómo le afectó la muerte de su madre. ¿Y si pasaba algo y no tenía la oportunidad de hablar con su padre? Audrey abrió la boca un par de veces, pero volvió a cerrarla. Se lo había prometido a su madre, y era Harlan quien debía darle la noticia a su hijo.

Por otro lado, sabía lo decidido que estaba a que la relación de su padre y de Sibella concluyera, igual que lo había estado ella hasta hacía un par de días. ¿Qué mal podía hacer darles una breve extensión de tiempo? Su madre le había pedido tres días. Uno estaba a punto de acabar. Solo quedaban dos.

–Estás muy callada –dijo Lucien cuando entraron en la villa.

Audrey sonrió.

–Solo estoy un poco cansada.

Lucien la atrajo hacia sí y le retiró el cabello de la cara con una ternura que la emocionó. Deslizando la mirada de sus ojos a sus labios, él dijo:

–Me había prometido no besarte cuando llegáramos.

–¿Por qué no? –preguntó Audrey.

–Porque si empiezo no puedo parar –le pasó los dedos por los labios lentamente–. Has socavado seriamente mi autocontrol.

Audrey se inclinó hacia delante, abrazándose a su cintura y presionando sus caderas contra las de él.

–Lo mismo digo.

–Por eso no te besé en la boda hace tres años.

Audrey parpadeó.

–¿Ibas a besarme? ¿De verdad?

–Sí, pero sabía que un beso no sería suficiente –Lucien sonrió y se inclinó para rozar con sus labios los de ella.

Audrey se puso de puntillas para besarlo.

–Este es el primero. Te reto a que me des el segundo.

Lucien bajó las manos hasta su trasero y la apretó contra el bulto de su erección al tiempo que susurraba.

–No sé si debo…

–Atrévete –dijo Audrey–. ¿O vas a rechazar un reto?

–Estás jugando con un fuego que está ya fuera de control.

Audrey se frotó contra él y se estremeció de deseo.

–Quiero que tomes el control, que me hagas el amor.

Lucien la miró con preocupación.

–Es demasiado pronto. Necesitas tiempo para…

–Te necesito a ti –Audrey tomó el rostro de Lucien entre las manos–. Te necesito ahora.

Lucien le dio un beso sensual que activó cada célula del cuerpo de Audrey. Con la lengua imitó la íntima penetración de su cuerpo, entrelazándola con la de ella en un erótico combate que endureció el núcleo femenino de Audrey. Lucien gimió contra sus labios y sus manos la presionaron aún con más fuerza contra su erección.

–Te deseo tanto…

–Y yo a ti –dijo Audrey, y fue plantando besos en sus labios–: A ti, a ti, a ti.

Lucien la llevó al dormitorio, deteniéndose cada dos pasos para besarla. En cuanto llegaron, ella se desnudó y se deleitó en la visión de Lucien mientras él hacía lo mismo. Volvieron a abrazarse, piel contra piel, y Audrey suspiró.

–Si alguien me hubiera dicho hace dos días que me desnudaría ante ti sin la menor vergüenza, le habría dicho que estaba loco.

Lucien sonrió pícaramente.

–¿Quieres decir que ya no vas a volver a sonrojarte?

–¡Odio ponerme roja!

–A mí me parece encantador. Basta con que te mire de cierta manera para que te pase. ¿Ves? Como ahora mismo.

Audrey hizo una mueca.

–Porque me estás mirando como si fueras a comerme.

Lucien tiró de ella hacia la cama.

–Eso es precisamente lo que voy a hacer.

Audrey se estremeció al sentir su mano bajar hacia sus muslos al saber el placer al que estaba a punto de llegar. Lucien la abrió con sus dedos como si fuera una orquídea que exigiera ser tratada con cuidado. Luego sustituyó sus dedos con su boca, recorriéndola con la lengua y provocando en ella una descarga eléctrica que la recorrió desde la pelvis hasta los pies con intermitentes y palpitantes contracciones. Lucien continuó con su sensual tortura hasta que Audrey se sintió caer en un espasmo de sublime placer.

–¡Oh, Dios mío…!

Lucien fue ascendiendo, dejando un rastro de besos por sus caderas, sus costillas y sus senos, hasta alcanzar sus labios. Probar el sabor de ella misma en sus labios fue intensamente erótico e hizo que otro muro del corazón de Audrey se derrumbara como pintura que se despegara de una pared.

–Eres tan sexy cuando llegas al orgasmo… –susurró él.

Esa era una palabra que Audrey jamás habría usado para describirse. Sonriendo y pasándole un dedo por los labios, preguntó con sorna:

–¿Sexy?

Lucien le atrapó el dedo y se lo succionó. Luego dijo:

–Extremadamente sexy.

Audrey bajó la mano para acariciarlo.

–También tú.

Lucien exhaló lentamente cuando ella empezó a deslizar la mano por su miembro viril.

–Puedes seguir tocándome si quieres.

–¿Y no tenerte dentro de mí?

Lucien posó una mano en el vientre de Audrey y la miró con preocupación.

—No quiero hacerte daño.

Audrey le atrajo la cabeza hasta que sus labios estuvieron a unos milímetros de los de ella.

—No te preocupes, no vas a hacerme daño.

Por un instante pensó que Lucien se echaría atrás, pero finalmente sonrió y dijo:

—¿Ves lo peligrosa que eres? Logras que me salte todos mis límites.

«No todos».

Habría sido una estúpida si creyera posible que Lucien le abriera su corazón, pero ¿quién decía que no pudiera comportarse estúpidamente? Lo habían hecho cuando se conocieron. El problema era que la fascinación adolescente de entonces se había transformado en algo mucho más peligroso, porque Audrey sabía que ya no le bastaba con una aventura. ¿Cómo no se había dado cuenta de que se parecía más a su madre de lo que creía, de que necesitaba la seguridad de un compromiso formal?

Necesitaba ser amada, no solo deseada.

Lucien le besó el cuello y el cosquilleo que le causó su barba incipiente hizo que olvidara sus reservas sobre su relación. Lo que había entre ellos en el presente era aquel anhelante deseo que sentían el uno por el otro y todo lo demás perdía importancia.

Los labios de Lucien atraparon los suyos en un profundo beso que hizo vibrar todos sus sentidos. Audrey se estremeció cuando sus lenguas se entrelazaron en una sensual danza. Lucien fue bajando por su cuerpo, besando y acariciando sus senos, mordisqueando sus pezones hasta endurecerlos.

La dejó un segundo para ponerse un preservativo y luego se colocó sobre ella.

—Avísame si voy demasiado deprisa.

—Estás yendo demasiado despacio —dijo Audrey, alzando las caderas para recibirlo, suspirando cuando él la penetró decidida pero suavemente. Al instante sintió su cuerpo abrazándolo y las placenteras sensaciones que recorrieron sus músculos más íntimos.

Lucien se meció dentro de ella, lentamente en un principio, asegurándose de que Audrey estaba cómoda antes de incrementar el ritmo. Audrey percibía el control que estaba ejerciendo, cómo la trataba con el máximo cuidado y respeto al tiempo que aguijoneaba sus sentidos deliciosamente. La acarició íntimamente para proporcionarle la fricción añadida que necesitaba para finalmente volar. El orgasmo la arrastró en un remolino que le hizo olvidarlo todo, hasta que solo fue consciente de que las olas expansivas del éxtasis se apoderaban de todo su cuerpo. Lucien llegó un instante después. Totalmente laxo, atrajo a Audrey hacia sí, jadeando contra su cuello.

Audrey le acarició la espalda, deleitándose en el dulce abrazo postcoital. Pero su mente volvió a viajar al futuro… el que Lucien no prometía compartir con ella. ¿A qué otro hombre podría ella amar? ¿Con quién iba a querer hacer el amor y luego yacer así, con su cuerpo todavía vivificado por sus caricias? No se podía imaginar un futuro sin él y, sin embargo, ese era un sueño imposible. A no ser que Lucien se enamorara tan profundamente como ella lo estaba de él.

Lucien alzó la cabeza y dio un prolongado suspiro.

—Debía haber supuesto que hacerlo contigo iba a

ser distinto –la miró a los ojos antes de desviar la vista–. En el buen sentido, claro.

–¿Porque teníamos una relación previa? –Audrey hizo una mueca–. Bueno, ¿porque nos conocíamos de antes?

Lucien sonrió y le retiró un mechón de cabello de la cara.

–Nunca me había planteado que, debido a la fama de nuestros padres, tuviéramos tanto en común. Además, he peleado con la atracción que sentía por ti más tiempo de lo que estoy dispuesto a admitir.

–Se te da bien disimular. Creía que me odiabas.

Lucien sonrió pícaramente.

–Creo que lo que odiaba era cómo me hacías sentir.

–¿Qué te hacía sentir?

A pesar de que temía desilusionarse, Audrey no pudo evitar hacer la pregunta. Pero antes de que Lucien contestara, oyó sonar su teléfono en el bolso.

–¿Quieres contestar? –preguntó él.

–Pueden dejar un mensaje.

Lucien frunció el ceño.

–¿Y si es tu madre?

Audrey suspiró.

–Tienes razón.

Antes de que llegara a la puerta, el teléfono dejó de sonar. Audrey se puso un albornoz y salió a buscar su bolso. Al sacar el teléfono, vio que la llamada era de su madre. Antes de que presionara el botón de rellamada, volvió a sonar. No podría ocultar a Lucien de quién se trataba porque él la había seguido y estaba a su lado. Audrey tomó aire y contestó.

–¿Hola?

–¡Gracias a Dios! –exclamó su madre en tono angustiado–. Harlan ha colapsado. No puedo despertarlo. Ayúdame. Por favor, ayúdame, no sé qué hacer.

Audrey miró la expresión preocupada de Lucien. Antes de que contestara, él tomó el teléfono de su mano.

–Sibella, soy Lucien. ¿Has pedido una ambulancia? ¿Dónde estás?

Audrey tragó en estado de pánico. Pánico por Harlan, por su madre, por Lucien. Oyó decir a su madre que estaban en una granja a las afueras de San Remy.

–Muy bien. Escúchame –dijo Lucien con una tranquila autoridad–. Dame la dirección. Yo llamaré a la ambulancia. Permanece junto a él y comprueba su pulso y su respiración. ¿Sabes cómo hacer RCP? Bien. Intenta estar tranquila. Llegaremos tan pronto como podamos.

Colgó y llamó a una ambulancia. Audrey le escuchó dar la información necesaria con una calma envidiable, y se preguntó si Lucien alguna vez la perdonaría si su padre no recuperaba el conocimiento.

–Vístete –dijo él en cuanto colgó de hablar con el servicio de urgencias.

Audrey se vistió con las piernas y las manos temblorosas, y más tarde se preguntaría cómo había podido llegar al coche.

Lucien condujo a toda velocidad.

–¡Maldita sea! Sabía que estaban aquí –dijo, asiendo el volante con tanta fuerza que le palidecieron los nudillos.

Audrey se preguntó si debía decirle que ella lo sabía, y se avergonzó de confiar en que nunca se enterara. Su madre no había dicho nada que indicara

que estaba al tanto de su secreto. Tal vez su partici-
pación en la mentira nunca llegaría a salir a la luz.

–Lucien… –se humedeció los labios e intentó que
le saliera la voz, pero fracasó.

–¡Sabía que tu madre le haría esto! –exclamó él,
golpeando el volante con una mano–. Sabía que acabaría matándolo. Seguro que llevan días bebiendo o
haciendo cosas peores.

Audrey habría querido protestar por el juicio
equivocado que estaba haciendo de su madre, pero
supo que no valía la pena. Permaneció callada, sin
tan siquiera encontrar las palabras de consuelo que
sabía que Lucien necesitaba en un momento tan an-
gustioso.

Él la miró de soslayo.

–Perdona, sé que es tu madre, pero si me entero
de que ha tenido algo que ver en que mi padre…
–Lucien dejó la frase en suspenso y apretó los dientes.

–No importa…

Para cuando alcanzaron la granja, la ambulancia
ya había llegado. Lucien y Audrey corrieron al interior a tiempo de ver que colocaban a Harlan, todavía
inconsciente, en una camilla. Lucien le tomó una
mano.

–¿Papá?

Al oírle decir esa palabra, Audrey sintió que se le
encogía el corazón. Nunca había oído a Lucien referirse a su padre como «papá».

Su madre estaba de pie, retorciéndose las manos y
llorando incontrolablemente. Audrey se acercó a ella
y la abrazó, intentando proporcionarle un consuelo
que sabía imposible.

–Tranquila, mamá. Cuidarán de él. Cuanto antes llegue al hospital, mejor.

Sibella se soltó de su abrazo.

–Tengo que ir con él en la ambulancia.

–No –dijo Lucien, interponiéndose en su camino.

Sibella se irguió como un mástil enfrentándose a una tormenta.

–No puedes impedírmelo, Lucien. Soy su familiar más cercano, soy su esposa. Nos casamos ayer.

Capítulo 9

AUDREY no había visto nunca a nadie tan furioso como estaba Lucien en aquel momento. Aun así, se dominó lo bastante como para hacerse a un lado y dejar que su madre subiera en la ambulancia. Luego tomó a Audrey de la mano para volver al coche.

–Habrán estado de celebración desde la ceremonia. El alcohol puede producir una inflamación en el cerebro y causar convulsiones.

Audrey cerró los ojos brevemente, rezando para que, al abrirlos, solo hubiera sido una pesadilla.

–Lucien… tengo que de…

–¿Sabes lo que me sienta peor? –continuó él sin dejarle completar la frase–, que se jacte de ser su mujer. ¿Qué es eso de ser su familiar más cercano? Lo soy yo, soy su único hijo. Ella no es más que una más de las esposas a las que ha amado y que lo han abandonado.

Audrey tomó aire.

–Legalmente, es su familiar más cercano. Por eso uno se casa con quien ama, para que pueda acompañarle en los momentos más importantes de la vida. Harlan quería casarse con ella y lo ha hecho. Tienes que aceptarlo. Se aman y quieren pasar juntos el tiempo que les quede.

Audrey sintió la mirada de Lucien como un dardo. El silencio se prolongó como un elástico estirado al máximo.

–Tú sabías que estaban aquí –Lucien golpeó el volante violentamente–. Lo sabías, ¿verdad?

Audrey bajó la mirada.

–He intentado decírtelo, pe…

–¿Cuándo te enteraste? –Lucien usó un tono tan crispado que a Audrey le extrañó que no hiciera estallar la ventanilla.

–Hoy.

–¿Hoy? –repitió Lucien. Audrey prácticamente podía verle pensar–. ¿Antes o después de que nos acostáramos?

Audrey se llevó una mano a la frente.

–No hagas esto, Lucien, por favor. Ya tenemos bastante con…

–Has elevado la prostitución a un nuevo nivel –las palabras de Lucien fueron tan brutales como flechas envenenadas–. Encontraste a tu madre en el mercado, ¿verdad? Luego me mentiste y te ofreciste a mí para que abandonara la búsqueda.

Audrey tragó saliva. El odio y el desprecio que contenían las palabras de Lucien la dejaron sin habla.

–¡Contéstame, maldita sea!

–Hice una promesa… –empezó ella con ojos llorosos.

–¿Qué promesa? –el desdén de Lucien fue como ácido corrosivo.

–Me encontré con mi madre y me suplicó que no te dijera que tu padre tenía un tumor cerebral –declaró Audrey–. Quería convencerlo de que se ope-

rara. Harlan se negaba a hacer ningún tipo de tratamiento y mi madre quería hacerle cambiar de idea.
Lo ama, Lucien; y él a ella. Quieren permanecer juntos el tiempo que les quede. Les preocupaba que tú
insistieras en separarlos. Accedí a guardarles el secreto… porque pensé que ojalá alguien me quisiera a
mí tan profundamente.

Sus palabras resonaron en un silencio cavernoso.

–A ver si lo entiendo… ¿sabes desde esta tarde
que mi padre está críticamente enfermo y no te has
dignado a decírmelo?

¿Cómo podía explicarle sus motivos cuando Lucien lo expresaba de aquella manera? ¿Cómo decirle
que su padre no había querido que él lo supiera antes
de poder casarse con Sibella?

–Se lo prometí a mi…

–Me da igual lo que le prometieras a tu madre.
Estamos hablando de mi padre, no de ella. Tenía
derecho a saber que estaba mal.

–Lo sé… Lo siento. Debería habértelo dicho, pero
no quería hacerle daño. Había confiado en mí y quería hacer honor a esa confianza.

–¿Y qué hay de la confianza que ha surgido entre
nosotros? –Lucien clavó sus ojos en Audrey como si
fuera un taladro–. ¿Eso no contaba para nada?

–Lo nuestro es una aventura, Lucien. No es lo
mismo que tener una relación basada en la confianza.

Lucien detuvo el coche delante de la entrada del
hospital con un chirrido de frenos. Antes de bajar, y
manteniendo la vista al frente, preguntó:

–¿Habrías tenido un *affaire* conmigo si no te hu-
bieras encontrado hoy con tu madre?

Habló con tal frialdad que le heló la sangre a Audrey.

–Sí, claro que sí.

Lucien la miró como si le clavara un alfiler.

–Lo siento, pero no te creo. Te ofreciste a mí porque sabías que así me distraerías de seguir buscando.

Audrey tomó aire.

–Eso no es verdad. Quería hacer el amor contigo. Me conformé con que fuera una aventura, pero creo que podríamos tener algo más, Lucien. Y creo que tú también lo sabes. Tú mismo has dicho que entre nosotros hay algo distinto a lo que tienes con otras…

–¿Has pensado que esto tenía algún futuro? –el tono de desdén de Lucien fue tan afilado como una navaja–. Así que también me has mentido sobre eso. Dijiste que no querías casarte, pero en el fondo quieres tener el cuento de hadas. Pues entérate: se acabó. Hemos acabado. Debería haber seguido mi intuición y no acercarme a ti.

Aunque Audrey creía que estaba preparada para aquel momento, le resultó más devastador de lo que había pensado. Lucien tenía toda la razón del mundo para estar enfadado. Ella también lo estaría. Necesitaba tiempo para asimilar la noticia de la enfermedad de su padre. Cabía la posibilidad de que cambiara de opinión una vez hablara con su padre… si es que tenía la oportunidad de hacerlo.

–¿Podemos continuar esta conversación cuando hayas tenido tiempo de…?

–¿No me has oído? –la rabia contenida de Lucien le erizó el vello a Audrey–. He dicho que hemos acabado.

Audrey se agachó para recoger su bolso.

–Voy a ver a mi madre y luego tomaré un taxi para ir a recoger mis cosas al hotel –dijo–. Me quedaré con ella hasta que… pase la crisis de tu padre.

–Bien.

«¿Bien?». ¿Eso era todo lo que tenía que decir después de lo que habían compartido? Nada de lo que estaba pasando estaba «bien». Audrey sentía el corazón aprisionado entre dos losas; cada respiración intensificaba la presión. Le ardían los ojos, pero se resistía a llorar delante de Lucien. No podía soportar la humillación de que viera que tenía el corazón destrozado.

Lucien la siguió al hospital, pero apenas la miró. Fue directo al mostrador de recepción para averiguar dónde estaba su padre y Audrey fue en busca de su madre.

La encontró en la sala de espera fuera de Urgencias. Fue directa a ella y la abrazó.

–Mamá, cuánto lo siento. ¿Sabes algo?

Sibella la miró con ojos llorosos.

–Van a hacerle un escáner –dijo con labios temblorosos–. Creen que el tumor ha producido una hemorragia intracraneal. Van a trasladarlo en avión a París para operarle porque aquí no tienen los medios para hacerlo. No puedo soportar la idea de perderlo.

–Lo sé –dijo Audrey, parpadeando para contener las lágrimas–. Pero has pasado los últimos días con él y le has hecho feliz. Aférrate a eso.

–La ceremonia de la boda fue maravillosa –dijo Sibella, tomando el pañuelo de papel que Audrey le tendió y secándose los ojos–. La celebramos en el jardín de la granja. Siento no haberos invitado a Lucien y a ti, pero Harlan quería que esta vez estuviéramos solos él y yo.

–Hiciste lo que debías –dijo Audrey–. Me alegro de que hayáis vuelto a casaros. Si no fuera porque Harlan está mal, sería muy feliz por vosotros.

Su madre la miró con los ojos enrojecidos.

–Lo dices en serio, ¿verdad?

Audrey sonrió.

–Puede que Harlan y tú estéis hechos el uno para el otro. Habéis sido muy afortunados de experimentar un amor apasionado, no una, sino tres veces. Ojalá supere esta crisis y podáis demostrar a quienes desconfían de vuestros sentimientos que se equivocan.

–Hablando de desconfiar –dijo Sibella, mirando a su alrededor por si veía a Lucien–. Espero no haber complicado las cosas entre Lucien y tú.

Audrey no pensaba cargar a su madre con su propio dolor. Ya tenía bastante.

–No, todo está bien. Aunque, como es lógico, saber que su padre está mal le ha afectado mucho.

Sibella escrutó el rostro de Audrey.

–No te habrás enamorado de él, ¿verdad?

Audrey intentó reírse, pero solo logró emitir un ruido seco.

–Hemos tenido una aventurilla, pero la hemos dado por terminada. Ni yo soy su tipo, ni él el mío.

Sibella se mordió el labio inferior y frunció el ceño.

–Cariño, no siempre se trata de ser el tipo de persona adecuado, sino de sentir el tipo de amor adecuado por la otra persona. A mí me ha costado tres veces encontrar ese amor con Harlan, y ahora pienso aferrarme a él cueste lo que cueste.

–Lucien no me ama, mamá –dijo Audrey con voz queda–. No creo que sea capaz de amar a nadie de esa manera.

–¿Señora Fox? –un médico se acercó a ella–. El transporte aéreo está listo, así que pronto nos llevare-

mos a su marido. Aunque está inconsciente, si quiere pasar unos minutos con él antes del vuelo, puede entrar a verlo.

—Oh, gracias —dijo Sibella, y siguió al médico.

Audrey volvió a la sala de espera para esperarla, preguntándose si Lucien habría podido pasar algo de tiempo con su padre.

Lucien salió del hospital después de hablar con el médico de su padre y se detuvo un instante para intentar dominar sus emociones. Su padre tenía un tumor cerebral. Aunque era operable, era muy probable que sufriera daños irreparables. Su divertido, irresponsable y temerario padre podía convertirse en un vegetal. Lucien no comprendía por qué su padre no le había dicho que estaba enfermo. Él le llevaba todos sus asuntos y resolvía todos sus problemas, y sin embargo, su padre lo había mantenido al margen de aquella crisis de salud. ¿Qué tipo de padre le hacía eso a un hijo? ¿Acaso no sabía hasta qué punto era importante para él?

Pero lo que lo torturaba más era el papel que Audrey había jugado en ello. Solo se había acostado con él para impedir que diera con su padre y con Sibella. Él había pensado… Se negaba a pensar que su relación había sido diferente a todas sus relaciones anteriores. Solo era un *affaire* que había acabado mal. Pero solo porque ella lo había engañado, haciéndole creer que…

«No, no, no. Olvídalo».

Tenía que dejar de pensar que Audrey podría haber sido la mujer de su vida. La única con la que se

veía construyendo un futuro que incluía la confianza y hasta el amor. Pero todo había sido una mentira.

¿Habría estado trabajando en su contra todo el tiempo?

Lucien repasó mentalmente los dos últimos días, preguntándose cómo podía haber dejado que el deseo lo cegara hasta ese punto. Porque solo era eso: deseo. Se negaba a considerar cualquier otra posibilidad. Él la deseaba y ella había aprovechado esa circunstancia para manipularlo.

Respiró profundamente el fresco aire de la noche para liberarse del nudo que sentía en el pecho. La cirugía de su padre podía durar varias horas. Tal vez pasarían días hasta que supieran cuál era el pronóstico de su enfermedad. No pensaba volver a ver a Audrey en toda su vida. Verla solo le recordaría cómo había caído en su red hasta enamorarse de ella.

¡No! No era amor, solo lujuria. Eso era todo. ¿Qué sentido tenía admitir que Audrey había conseguido lo que ninguna otra mujer? Por ella había perdido la cabeza y todo aquello por lo que había luchado tanto. Que lo hubiera traicionado le resultaba doloroso, pero más aún descubrir que él le había hecho un hueco en su corazón. Debía haber sido más cauteloso. Debía haberse resistido.

«Deseo, no amor. Deseo, no amor». Se lo repetiría como un mantra hasta creérselo.

Capítulo 10

AUDREY no se molestó en recoger sus cosas y voló con su madre a París. Para cuando llegaron al hospital, la hemorragia de Harlan había sido controlada y habían podido quitarle una porción considerable del tumor. El neurocirujano se mostró moderadamente optimista sobre la posibilidad de que recuperara la consciencia en unos días, una vez la inflamación se redujera.

A Audrey le había aliviado no encontrarse con Lucien en ninguna de sus visitas, y no lo había visto desde la noche que habían seguido juntos a la ambulancia.

Dedicar tiempo a su madre se convirtió en la distracción que necesitaba para olvidar su propio dolor. Pero a pesar de las cariñosas charlas con ella, de las visitas al hospital y de las obligaciones diarias que se había asignado mientras se alojaban en un apartamento de alquiler, le quedaba tiempo de sobra para sentir la tristeza de haber sido rechazada por Lucien. No podía dejar de pensar en lo distinto que estaría siendo aquel período si también pudiera apoyarlo a él. Aún más, si Lucien la amara tanto como ella lo amaba a él.

Audrey quería lo que su madre había conseguido finalmente con Harlan: un amor maduro y duradero. Un amor que anhelaba lo mejor para el otro; un amor altruista, no egoísta.

Pero Lucien había cerrado su corazón bajo llave y había erigido una fortaleza inexpugnable en torno a él. A Audrey le dolía que tuviera una opinión tan deplorable de ella después de todo lo que habían compartido. Pero se había negado a oír sus explicaciones y había cortado todo vínculo con ella.

Harlan despertó el quinto día y los médicos lo desconectaron de la ventilación artificial. La primera persona por la que preguntó fue Sibella, y Audrey esperó a su madre fuera de la UCI, mientras se preguntaba si alguna vez alguien la amaría tan profundamente o si siempre estaría sola, en la sala de espera de la vida.

Cuando su madre salió, lloraba de felicidad.

–¡Cariño, hasta ha podido hacer una broma! Aunque no está completamente fuera de peligro, los médicos piensan que en un par de semanas podrán darle la primera sesión de quimioterapia, si es que le convencemos de que acepte ser tratado.

Audrey la abrazó.

–¡No sabes qué contenta estoy, mamá!

Sibella se echó hacia atrás. Sin soltarse de Audrey, dijo:

–Ha preguntado por Lucien. ¿Puedes llamarlo? Dudo que quiera hablar conmigo.

«Ni conmigo».

Audrey sacó el teléfono con el corazón en un puño. Buscó el número y pulsó el botón de marcado, pero le saltó el contestador. Audrey se quedó muda y colgó.

–No contesta –dijo con un profundo suspiro.

–Supongo que lo llamarán del hospital –repuso Sibella pasándole la mano por el cabello–. Me tomaría algo… –sonrió a Audrey al ver que fruncía el ceño–. Un café, por ejemplo. Harlan y yo nos hemos

apuntado a rehabilitación. Pensamos que nos será más fácil dejar la bebida juntos que por separado.

Audrey entrelazó su brazo con el de su madre.

—¡Un café suena genial!

Aquella tarde, recién llegado de un viaje ineludible a Londres, Lucien se sentaba junto a la cama de su padre. Harlan estaba adormecido, pero había podido hablar con él en un par de ocasiones.

Era una situación nueva para Lucien, porque no recordaba haber estado nunca a solas con él. En el pasado, siempre estaban rodeados de su mánager, su representante u otros miembros de la banda. Cuando lo conoció, a los diez años, había con él veinte personas más.

Por primera vez sentía que eran tan solo un padre y un hijo…

Harlan abrió los ojos y esbozó una sonrisa.

—¿No tienes nada mejor que hacer que estar aquí?

—No se me ocurre nada que me apetezca más.

Los ojos de Harlan se humedecieron.

—No he sido un buen padre para ti, Lucien… No sabía cómo serlo. Mi padre era un sádico que pegaba a mi madre y que vendió nuestras pertenencias para pagar sus deudas de juego. También me pegaba a mí. A menudo —Harlan asió la sábana con fuerza—. Tuve miedo de comportarme como él y hacerte lo mismo.

Era la primera vez que Harlan hablaba de su padre. Lucien no tenía ni idea de que su infancia hubiera sido tan difícil, y se preguntó si ese sería uno de los motivos de que bebiera. Tomó la mano de su padre, y se dio cuenta de que era la primera vez que lo tocaba afectuosamente.

–Eres mejor padre que yo hijo. Siempre te he juzgado en lugar de hacer el esfuerzo de conocerte de verdad.

Harlan le apretó la mano.

–Sé que Sibella te cae mal, pero yo la quiero y quiero pasar el tiempo que me quede con ella. Los dos hemos cambiado para bien. Y confío en que tú algún día llegues a sentir lo mismo por alguien. Prométeme que no te conformarás con menos.

Lucien tenía la garganta atenazada por la emoción. Ya había encontrado ese tipo de amor. Solo eso explicaba el dolor que sentía por la pérdida de Audrey. Había intentado relegar al olvido los sentimientos que acompañaban a su recuerdo, pero no lo había logrado. No había dejado de debatirse entre el deseo de llamarla y la amargura de sentirse traicionado, de que le hubiera mentido.

Pero al mismo tiempo, se preguntaba cuál de los dos era más mentiroso.

Y siempre llegaba a la conclusión de que era él. Llevaba seis años mintiéndose a sí mismo. Desde el día en que Audrey había coqueteado con él en la primera boda de sus padres. Y después de la segunda, cuando había vuelto a intentarlo.

Por su parte, él la había rechazado cruelmente en ambas ocasiones. En cambio ella se había entregado a él, lo había convertido en su primer amante. ¿No significaba eso algo?

Lucien sintió que se le contraía el corazón y que la boca le sabía a bilis. Significaba que había cometido un gigantesco error.

Se obligó a volver al presente, junto a su padre.

–¿Por qué no me dijiste que estabas enfermo? Podría haber organizado la mejor atención médica…

–Le hice prometer a Sibella que no te lo diría. Quería esperar a casarnos antes de decíroslo a Audrey y a ti. No quería que intentarais convencernos de que cambiáramos de idea. Ya sabes cómo sois: un par de policías.

Lucien tragó saliva.

–¿Y cuándo se enteró Audrey?

–Al encontrarse con Sibella –dijo Harlan–. Le hizo prometer a Audrey que no te lo diría porque yo se lo pedí. Quería ser yo quien te lo dijera. Solo estaba cumpliendo su promesa, Lucien. Por favor, no te ofendas por que no te lo dijera el primero. Tienes que entender que Sibella es mi refugio. La persona con la que quiero compartirlo todo, lo bueno y lo malo. Eso no significa que no te quiera, aunque sea con mi torpeza e ineptitud habitual.

Lucien consiguió esbozar una sonrisa y decir:

–Yo también te quiero… papá.

Harlan parpadeó para contener las lágrimas, aunque sonrió con la picardía de chico malo que lo caracterizaba.

–Como le digas a alguien que he estado lloriqueando como un bebé, te mato, ¿vale?

Lucien salió un rato más tarde de la UCI en una nebulosa. ¿Cómo podía haber arruinado su única oportunidad de ser feliz? Había apartado a Audrey de su vida sin darle la oportunidad de explicarse. ¿Por qué no la habría escuchado? Audrey era lo mejor que le había pasado en la vida, igual que Sibella lo era

para su padre. El amor que Sibella y su padre sentían había madurado hasta convertirse en un sentimiento que podía sobreponerse a la enfermedad, incluso a la muerte.

Ese era exactamente el tipo de amor que él sentía por Audrey. Él había hecho lo posible por no enamorarse de ella, por mantener el control; pero Audrey siempre había quebrado su fuerza de voluntad.

Sintió una presión en el pecho como si le hubieran dado una patada. ¿Y si la perdía? ¿Y si no lograba que lo perdonara? Sintió náuseas. No podía permitírselo. No podía perderla y con ella, la clase de amor que había deseado tener toda su vida.

Audrey dejó a su madre en la cafetería del hospital charlando con un grupo de fans. Sibella y Harlan habían emitido un comunicado explicando las circunstancias en las que se encontraban y pidiendo respeto y privacidad a la prensa. Afortunadamente, lo habían conseguido.

Con Harlan mejorando, Audrey sabía que debía pensar en volver a Londres, y que si no había hecho ningún preparativo era porque se aferraba al hilo de esperanza de que Lucien fuera en su busca y le dijera que había cambiado de idea.

Avanzaba por uno de los pasillos cuando lo vio ir hacia ella.

–¿Audrey?

La forma en que pronunció su nombre hizo que se le acelerara el corazón… ¿Había una nota de…desesperación en su tono?

–¿Sí? –dijo ella en tensión.

Aunque no supo interpretar la expresión de Lucien, creyó intuir un brillo de preocupación en su mirada.

–Tengo que hablar contigo.

–Creo que ya me has dicho todo lo que…

Lucien la tomó por el brazo y en un tono ronco en que Audrey volvió a percibir desesperación, dijo:

–Por favor, cariño, escúchame. Sé que no me lo merezco después de cómo te traté el otro día. Me equivoqué al culparte por no haberme dicho que mi padre estaba enfermo. Actuabas de acuerdo a sus deseos y yo habría hecho exactamente lo mismo.

Audrey no estaba preparada para perdonarlo. Sus disculpas no le bastaban. Quería su amor, pero esa no era la razón por la que Lucien había ido a buscarla. Era demasiado orgulloso. Probablemente lo único que quería era limpiar su conciencia después de haber hablado con su padre.

–¿Te disculpas porque Harlan te ha dicho que quería ser él quien te lo dijera? ¡Qué amable por tu parte!

Lucien parpadeó como si sus palabras lo atravesaran como un puñal, pero no la soltó.

–Antes de que me lo dijera, ya me había dado cuenta de que estaba enamorado de ti –deslizó las manos por los brazos de ella hasta tomarle las manos–. Te amo, Audrey. Creo que estoy enamorado de ti desde la primera boda de nuestros padres.

Audrey se quedó muda. Parpadeó lentamente intentando asegurarse de que no estaba soñando.

–¿Tú… tú me amas? ¿Me amas de verdad?

Lucien sonrió.

–De verdad y desesperadamente. Todo este tiempo he sido un idiota por intentar negarlo. Eres la única

mujer para mí; la otra mitad de mi corazón. Sin ti me siento vacío. ¿Te casarás conmigo, cariño?

Audrey se abrazó a su cuello con una sonrisa luminosa.

–Eres el único hombre con el que me casaría. Te amo. Creo que por eso no he querido salir con nadie en todos estos años, porque estaba esperándote.

–Pues la espera ha concluido, mi amor –dijo Lucien, estrechándola contra sí–. Aunque intentara convencerme de que no era más que pura atracción física, siempre te he amado. No sé cómo he conseguido convencerme de lo contrario durante tanto tiempo.

–Yo también a ti –dijo Audrey–. Fingía odiarte. Con solo oír tu nombre me rechinaban los dientes. Pero siempre he estado un poco enamorada de ti.

Lucien hizo una mueca.

–No soporto pensar que podríamos haber dejado pasar la oportunidad de estar juntos. ¡He sido un completo idiota! ¿Podrás perdonarme?

–Claro. Te amo.

Lucien le retiró el cabello de la cara.

–Quiero construir mi vida contigo. ¿Querrás tener hijos? ¡Dios, no me puedo creer que te esté preguntando esto en el pasillo de un hospital!

–¿Tú quieres tener hijos?

–Lo he preguntado yo primero.

Audrey lo miró fijamente.

–Solo si los tengo contigo.

Lucien sonrió pícaramente. Inclinó la cabeza y, antes de besarla, susurró:

–Veré qué puedo hacer al respecto.

Epílogo

Diez meses más tarde…

Lucien estaba sentado junto a Audrey a la mesa de Bramble Cottage. Ella le tomó la mano por debajo de la mesa y le sonrió. Como siempre que sus preciosos ojos marrones lo miraban, Lucien sintió que el corazón le daba un salto de alegría. Le guiñó un ojo y Audrey se ruborizó.

–Eh, tortolitos, que ya se ha acabado la luna de miel –dijo Harlan desde el otro lado de la mesa.

Todavía no le había vuelto a crecer el pelo después de la quimioterapia, pero la cicatriz de la operación apenas se notaba y los médicos estaban muy satisfechos con cómo estaba evolucionando. Y aunque no les prometían nada respecto al futuro, Lucien había convertido en una prioridad que fuera feliz.

Y nadie lo hacía más feliz que Sibella.

–Mira quién fue a hablar –dijo Lucien, sonriendo a su padre, que pasaba el brazo por los hombros de Sibella mientras ella lo miraba con tanto amor que Lucien se avergonzaba de haberla juzgado mal en el pasado.

Aunque ni su padre ni ella fueran perfectos, Lucien había aprendido a aceptarlos tal y como eran, y no pretendía cambiarlos.

–Mamá, papá, tenemos que deciros una cosa –declaró Audrey, que parecía a punto de explotar con el secreto que había esperado a anunciar a que se cumplieran las doce semanas de embarazo.

Cada vez que la oía llamar «papá» a su padre, Lucien se emocionaba. Era una muestra más del profundo afecto que sentía por él. Y sus cuidados y atenciones durante los meses precedentes habían logrado que Lucien, y su padre, por supuesto, la quisieran aún más.

Pronto él también sería padre y habría una personita que lo llamaría «papá».

–¿Se lo dices tú o se lo digo yo? –le preguntó Audrey sonriendo.

Lucien le tomó la mano y se la llevó a los labios.

–Digámoslo al unísono.

Y eso hicieron.

Bianca

**Su vengativa seducción…
¡los uniría para siempre!**

SEDUCCIÓN VENGATIVA

Trish Morey

Athena Nikolides tenía miedo a que alguien intentase aprovecharse de su recién heredada fortuna, pero el carismático Alexios Kyriakos ya era multimillonario y la atracción entre ambos era abrumadora. Tras haberse sentido segura con él, Athena se quedó destrozada al descubrir que lo único que había querido Alexios era vengarse por algo que había hecho su padre. No obstante, cuando quedó al descubierto la consecuencia de su innegable pasión, Alexios tuvo otro motivo más para querer que fuera suya.

Acepte 2 de nuestras mejores novelas de amor GRATIS

¡Y reciba un regalo sorpresa!

Oferta especial de tiempo limitado

Rellene el cupón y envíelo a
Harlequin Reader Service®
3010 Walden Ave.
P.O. Box 1867
Buffalo, N.Y. 14240-1867

¡Sí! Por favor, envíenme 2 novelas de amor de Harlequin (1 Bianca® y 1 Deseo®) gratis, más el regalo sorpresa. Luego remítanme 4 novelas nuevas todos los meses, las cuales recibiré mucho antes de que aparezcan en librerías, y factúrenme al bajo precio de $3,24 cada una, más $0,25 por envío e impuesto de ventas, si corresponde*. Este es el precio total, y es un ahorro de casi el 20% sobre el precio de portada. !Una oferta excelente! Entiendo que el hecho de aceptar estos libros y el regalo no me obliga en forma alguna a la compra de libros adicionales. Y también que puedo devolver cualquier envío y cancelar en cualquier momento. Aún si decido no comprar ningún otro libro de Harlequin, los 2 libros gratis y el regalo sorpresa son míos para siempre.

416 LBN DU7N

Nombre y apellido	(Por favor, letra de molde)
Dirección	Apartamento No.
Ciudad	Estado Zona postal

Esta oferta se limita a un pedido por hogar y no está disponible para los subscriptores actuales de Deseo® y Bianca®.
*Los términos y precios quedan sujetos a cambios sin aviso previo.
Impuestos de ventas aplican en N.Y.

SPN-03   ©2003 Harlequin Enterprises Limited

DESEO

En cuanto ella dijo "sí, quiero",
su plan se puso en marcha...

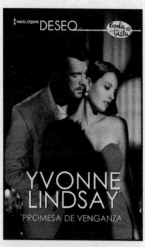

Promesa de venganza

YVONNE LINDSAY

Un matrimonio concertado con Galen Horvath era el primer paso
para la venganza de Peyton Earnshaw contra la familia de él.
Por su parte, Galen tan solo accedió a contraer matrimonio para
proporcionarle un hogar estable a su pequeña pupila.
Cuando el deseo prendió entre ellos, Peyton comenzó a soñar
con un futuro al lado de Galen. Pero, ¿qué ocurriría cuando sus
secretos salieran a la luz?

«Ven conmigo a Italia...
y hazte pasar por mi prometida».

CORAZÓN EN DEUDA

Kim Lawrence

Ivo Greco estaba decidido a hacerse con la custodia de su sobrino, huérfano. El niño heredaría la fortuna de la familia Greco. Para conseguirlo, necesitaba convencer a Flora Henderson, la persona que tenía la custodia del bebé, de que aceptara su anillo de compromiso.

Pero la atracción entre ambos complicó la situación durante la estancia de Flora en la Toscana. Ivo siempre había descartado el matrimonio real... hasta ese momento.